$1.^{50}

23

Michel Tournier

de l'Académie Goncourt

petites
proses

Gallimard

L'Ange Bizarre. Il se promène à travers le monde et rencontre des scènes banales, laides ou cruelles. Chaque fois, il touche de son aile l'un des acteurs de cette scène, laquelle devient aussitôt originale, gracieuse et douce.

Maison

Le village, ensemble de toitures sèches et géométriques groupées autour du clocher pointu de l'église au milieu d'un tissu de labours humides, mous et gras, comme un fœtus osseux logé au sein du placenta nourricier.

LE CHAT ET LA TORTUE

La décoration n'est pas mon fort. Quand je me suis installé dans cette maison — il y a un quart de siècle — j'ai adoré son vide, la sonorité particulière de ses pièces sans meubles, la nudité de ses murs qui faisait penser l'écrivain que je suis à la blancheur d'une feuille de papier. L'une de mes anecdotes préférées concerne le Prince Bibesco, l'un des grands mondains parisiens du début du siècle, infiniment blasé, raffiné et spirituel, grand expert en l'art de vivre. L'un de ses amis — riche lui-même et grand esthète — décore une belle demeure qu'il vient d'acquérir. Tout y est admirable et admirablement disposé. Il invite Bibesco à visiter ce chef-d'œuvre de luxe et de bon goût. Le prince visite, regarde, examine, apprécie, et se laisse enfin tomber dans un fauteuil. L'autre est tout oreille pour entendre le verdict qui va tomber de ses lèvres. Finalement Bibesco prononce : « Oui, d'accord, mais pourquoi pas plutôt rien ? »

Ce « rien », c'est pour moi le point de départ nécessaire de la demeure. Le reste est l'œuvre du temps. Chaque jour, chaque année doit déposer sa trace. Cette maison, c'est objet par objet $25 \times 365 = 9\,125$ jours de ma vie.

Cela ressemble fort à une coquille que j'aurais sécrétée autour de moi au fil des années. Sa complexité, son désordre, ses absurdités ne sont que l'envers de ma simplicité, de mes ordres, de mes raisons. Je le vois bien quand je la prête à des amis. Des gens soigneux, précautionneux, scrupuleux pourtant. Leur malaise inattendu, les dégâts qu'ils provoquent à leur grande confusion ! Eh bien oui, cette coquille n'a pas été modelée pour eux, voilà tout ! Elle reproduit en creux la trace de tous mes mouvements, de tous mes gestes. C'est le moule exact de ma vie quotidienne.

Il y a dans un ajustement aussi raffiné de grandes promesses de bonheur, mais non sans contrepartie. Je vois bien qu'en créant ce milieu domestique autour de moi, je me suis alourdi lentement mais inexorablement. C'est une façon de vieillir particulièrement insidieuse. Cette maison est une part de ma vie, de moi-même, mais à la façon dont sa carapace est une part de la tortue. Or qui voudrait être une tortue ? On se rêve bien plutôt hirondelle ou alouette, c'est-à-dire tout le contraire…

Parfois il me vient une velléité de rupture, de libération. Vendre. Tout bazarder. Jeter des tonnes de vieilleries, et toutes mes habitudes avec elles. Puis repartir à zéro. A l'Académie Goncourt, j'ai deux amis qui ont fait cela toute leur vie. Ils consacrent des années à l'acquisition et à la transformation d'une maison. Rien n'est trop beau, trop cher, trop difficile pour la nouvelle demeure. Quand enfin le chef-d'œuvre est achevé, ils commencent à regarder ailleurs. Cette maison a perdu tout son charme à leurs yeux. Ainsi font Hervé Bazin et François Nourissier. Je possède un champ en Bretagne, en bordure de falaise. Chaque jour la marée montante et le jusant changent le décor. Y construire avec l'aide d'un ami architecte une maison à la fois dans le style du pays et ultra-moderne, tout en panneaux vitrés de telle sorte qu'elle laisse entrer le jardin, la falaise, la mer... Mais trahir le presbytère : autant me demander de me faire couper un bras ou une jambe...

Alors je regarde mon chat. Il est de l'espèce dorée que les Chinois élevaient pour sa fourrure. On m'a d'ailleurs mis en garde contre les amateurs de pelage de cette qualité qui pourraient bien un jour (ou une nuit) lui « faire la peau ».

Mon chat est l'âme de cette maison, de ce jardin. Son adaptation à tous leurs coins et recoins est confondante. Il peut disparaître à volonté et demeurer totalement introuvable, et soudain, il est là à nouveau, et quand je lui demande « Mais enfin où étais-tu ? » tout son air me répond : « Moi ? Mais je n'ai pas bougé ! » On devrait créer pour lui la notion de suradaptation, parce qu'il offre le spectacle du plus déchirant malheur si d'aventure on prétend l'emmener ailleurs. Pour un chat, un voyage est une catastrophe irrémédiable. Un déménagement, c'est la fin du monde. Comme je comprends bien la leçon de sédentarité absolue qu'il me donne jour et nuit ! Quelle fascination exerce sur moi son enracinement total ici même !

Cela va loin. Très loin. Pas plus loin en vérité que l'autre côté du mur sud de mon jardin. Cet autre côté, c'est le cimetière du village. Parfois j'entends un bruit de bêche. Bruit métaphysique : c'est le fossoyeur qui creuse. La voilà bien l'absolue sédentarité avec la population séculaire du village. Affinité troublante des mots : maison-musée, terre-cendre, jardin-cimetière. Et ces deux aspects du temps, d'un côté l'histoire pleine de cris et de fureurs, toujours nouvelle et imprévisible ; et l'autre, circulaire, comme le cadran d'une horloge, fermé, car l'événement n'entre pas dans la ronde éternelle des saisons et de ses quatre couleurs : vert, doré, roux, blanc.

Mon chat lève vers moi son visage énigmatique. Il ferme lentement ses yeux d'or et ne dit mot.

LE CHARME ET L'ÉCLAT

« Le presbytère n'a rien perdu de son charme, ni le jardin de son éclat. » Depuis vingt-cinq ans que j'habite un presbytère entouré d'un jardin de curé, j'ai dû entendre citer mille fois la phrase célèbre de Gaston Leroux.

Le charme du presbytère ? L'éclat de son jardin ? Je suis un peu là pour en témoigner ! Car le presbytère, cette grosse maison trapue, austère, aux ouvertures un peu étroites, cache bien des maléfices sous son aspect bonasse. Parfois, en rentrant un peu tard l'hiver, je trouvais l'enfant qui vivait avec moi assis dehors sur les marches du perron.

— Pourquoi tu m'attends dehors ?

— Je suis ressorti.

— Tu as eu peur ?

— Non, mais l'escalier de bois craque.

Il n'avait pas eu peur, certes, mais l'escalier craquait. Moi non plus je n'ai pas peur, même entre minuit et trois heures le 14 novembre, à la Saint-Sidoine. Car cette nuit-là — allez donc savoir pourquoi ! — les

trente-sept curés qui habitèrent cette maison près de
deux siècles s'y réunissent et, après avoir rugi un
bénédicité en latin et en chœur, ils ripaillent bruyamm-
ment au rez-de-chaussée. Blotti sous mon édredon au
second étage, je n'ai pas peur, non. Mais je préfère les
laisser entre eux.

Quant au jardin... Il faut préciser qu'il jouxte le
cimetière et se trouve de surcroît d'au moins deux
mètres en contrebas. Une année je fus quérir le
maire — entrepreneur et maçon de son métier — et
lui fis observer que le mur présentait sur plus de vingt
mètres un boursouflement à ses bases qui ne pouvait
résulter que de la poussée souterraine d'une foule
d'échines et d'épaules osseuses. A force, les morts ne
finiraient-ils pas par percer ? Le maire rit dans sa
moustache.

— A mon avis, me dit-il, ça peut tenir une heure
comme trente années. Si je peux me permettre, ne
faites pas trop la sieste à l'ombre du mur !

L'automne fut pluvieux et l'hiver douceâtre. Un
matin, la radio m'apprit qu'un glissement de terrain
venait d'engloutir un chalet et tous ses occupants à
Val-d'Isère. Je me levai et m'approchai de la fenêtre en
me félicitant d'avoir renoncé à mes vacances d'hiver.
La vision était macabre et apocalyptique. A l'endroit
du gros ventre, il ne restait du mur que le faîte, réduit à
une mince bande de plâtre. Par une ouverture béante,
un flot de terre noire et gluante envahissait le jardin. Y
avait-il des tibias et des crânes ? Je crois bien les avoir
vus de ma fenêtre. Mais ils avaient disparu quand je fus
sur place une heure plus tard. Avais-je eu une halluci-
nation, ou bien était-on venu entre-temps les ramas-

ser ? Un rassembleur de squelettes à la face camarde, armé d'une faux...

Je ne trancherai pas. Cela fait partie, avec bien d'autres mystères que je raconterai plus tard, du charme du presbytère et de l'éclat de son jardin.

DES CLEFS
ET DES SERRURES

Il doit en être ainsi dans toutes les vieilles maisons. Il y a dans la mienne divorce complet entre les clefs et les serrures. Des clefs, j'en possède un plein tiroir, clefs de cadenas à barbe finement ourlée, clefs fichet à tige creuse, clefs diamant à double panneton, clefs géantes massives comme des armes contondantes, clefs de secrétaire à l'anneau ouvragé comme dentelle, modestes passe-partout dont le seul défaut est justement de ne passer nulle part. Car le mystère est là : aucune des serrures de la maison n'obéit à ces clefs. J'ai voulu en avoir le cœur net. Je les ai toutes essayées. Leur vertu apéritive, comme disait Pascal, s'est révélée nulle. Alors d'où viennent-elles, que font-elles là, toutes ces belles clefs, ayant chacune plus ou moins la forme d'un point d'interrogation de métal ?

Est-il besoin de préciser que, réciproquement, aucune des serrures de la maison ne possède sa clef ? Ainsi à toutes mes clefs correspondent autant de serrures rendues les unes et les autres inutiles par leur inadéquation. On dirait qu'un malin génie a fait le tour du village, transportant toutes les clefs d'une maison dans une autre.

Or ceci est hautement symbolique, car le monde entier n'est qu'un amas de clefs et une collection de serrures. Serrures le visage humain, le livre, la femme, chaque pays étranger, chaque œuvre d'art, les constellations du ciel. Clefs les armes, l'argent, l'homme, les moyens de transport, chaque instrument de musique, chaque outil en général. La clef, il n'est que de savoir s'en servir. La serrure, il n'est que de savoir la servir... afin de pouvoir l'asservir.

La serrure évoque une idée de fermeture, la clef un geste d'ouverture. Chacune constitue un appel, une vocation, mais dans des sens tout opposés. Une serrure sans clef, c'est un secret à percer, une obscurité à élucider, une inscription à déchiffrer. Il y a des hommes-serrures dont le caractère est fait de patience, d'obstination, de sédentarité. Ce sont des adultes qui jurent : « Nous ne partirons pas d'ici avant d'avoir compris ! » Mais une clef sans serrure, c'est une invitation au voyage. Qui possède une clef sans serrure ne doit pas rester les deux pieds dans le même sabot. Il doit courir les continents et les mers, sa clef à la main, l'essayant sur tout ce qui a figure de serrure. A quoi cela sert-il ? demande à tout moment l'enfant, persuadé que chaque objet est une clef que justifie une serrure.

Les cambrioleurs appartiennent à l'une ou l'autre espèce. Que celui qui s'approche silencieusement avec à la main un trousseau de passe-partout ne vous fasse pas illusion, ce n'est pas un homme-clef, c'est un homme-serrure. Il est doux et méthodique. Regardez-le. Il s'agenouille avec respect devant la serrure qu'il a choisie et lui glisse un à un ses crochets, comme un grand vizir présente des prétendants à sa jeune souveraine. Le cambrioleur-clef n'en a qu'une seule qui est pince-monseigneur ou lampe à souder. C'est au demeurant un « soudard », tout comme cette brute d'Alexandre se servant de son glaive pour trancher le nœud gordien, cette serrure de corde.

Ces ruses et ces violences sont la faute du malin génie qui brouille le peuple nomade des clefs avec la tribu sédentaire des serrures. Des cris déchirants et grotesques sont poussés d'un bord à l'autre. On les appelle des petites annonces matrimoniales. Le poète disait amèrement : « J'aime et je suis aimé. Ce serait le bonheur s'il s'agissait de la même personne ! »

Un malin génie, vous dis-je !

L'ESPRIT DE L'ESCALIER

Dans la structure imaginaire privilégiée que constitue la maison, Gaston Bachelard attribuait un rôle fondamental au grenier et à la cave. A la maison toute de plain-pied — comme à l'appartement qui en est l'équivalent — il manque une dimension importante, la dimension verticale avec l'acte de monter et de descendre qui lui correspond. Cette dimension verticale, c'est l'escalier qui la matérialise, et plus particulièrement ces deux escaliers antithétiques et complémentaires : celui qui descend à là cave et celui qui monte au grenier, car, notez-le bien, on *descend* toujours à la cave, et on *monte* toujours au grenier, bien que la logique la plus élémentaire exige aussi l'opération inverse.

Or, si ces deux escaliers ont en commun un certain mystère et l'inconfort de leur raideur, ils possèdent des qualités bien différentes par ailleurs. Le premier est de pierre, froid, humide, et il fleure la moisissure et la pomme blette. L'autre a la sèche et craquante légèreté du bois. C'est qu'ils anticipent chacun sur les univers où ils mènent, lieu d'obscurité et de durée épaisse, maturante et vineuse de la cave, ciel enfantin et poussiéreux du grenier où dorment le berceau, la poupée, le livre d'images, le chapeau de paille enrubanné.

Oui, c'est bien cela : l'escalier est anticipation du lieu où il mène, et cette anticipation atteint son degré le plus ardent lorsqu'il monte de la salle du tripot à la chambre de passe et s'emplit des balancements d'une robe outrageusement échancrée et parfumée.

On devrait instituer une société protectrice des escaliers. L'architecture misérabiliste qui les supprime ou les réduit à la portion congrue est déplorable. Les tours gigantesques se condamnent elles-mêmes en rendant inévitables les ascenseurs, ces ludions funèbres, ces cercueils verticaux et électriques. Une vieille loi de l'urbanisme — ou de l'urbanité ? — voulait qu'une volée de marches n'excédât pas le nombre vingt et un d'un palier à l'autre. C'était la mesure humaine.

Il est vrai qu'il y a aussi l'escalier inutile, absolu, monumental et solennel. Celui-là ne connaît pas de mesure. Maître de la maison, il exige souverainement ces deux choses que le monde moderne tend de plus en plus à nous refuser : l'espace et l'effort.

L'espace, le grand escalier d'apparat, déployé comme un vaste éventail, le dévore à belles dents. Dans un palais, il revendique le principal, le centre, il rêve visiblement de tout prendre, d'envahir la totalité du volume intérieur. Il nous suggère de vivre sur ses marches, de dormir sur ses paliers. Et il prend tout en effet sur la scène du *Casino de Paris* ou des *Folies-Bergère* lorsqu'il étale, comme un immense et profane reposoir, les chairs les plus avenantes, somptueusement déshabillées.

Mais monter un escalier est dur, le descendre périlleux. Qui ne se souvient du cri de défi de Cécile Sorel au terme du dangereux exercice que lui imposaient sur scène ses falbalas et ses cothurnes de strass : « L'ai-je bien descendu ? »

TÉLÉPHONE

Savoir maîtriser cet outil indispensable et tyranni-que. Mon ami Wladimir Z. y est passé maître. Il prétend par exemple reconnaître l'identité de la personne qui l'appelle à la quantité et à la qualité de la sonnerie. Il faut le voir quand le téléphone sonne : il s'immobilise comme frappé de stupeur et vous impose le silence. Le visage levé vers les moulures du plafond, l'air inspiré, il prononce quelques noms, hésite, tâtonne, revient, enfin brusquement tranche pour un tel ou une telle. Et bien entendu décide aussitôt de ne pas décrocher, car il a horreur qu'on lui fasse la violence de s'introduire chez lui de la sorte.

Sa grande affaire, ce sont les liaisons féminines purement téléphoniques qu'il mène de front. Il choisit une victime — qu'il ne connaît bien sûr pas directe-ment — et lui téléphone une première fois, de préférence en pleine nuit. Puis il s'excuse comme d'une erreur, mais ne raccroche pas sans avoir pro-noncé quelques mots propres à intriguer sa correspon-dante. Un autre jour, il rappelle à une heure savam-ment choisie et poursuit ainsi son œuvre d'*intrigue*.

Enfin si l'entreprise réussit, il affole peu à peu sa victime et finit par nouer avec elle une étrange amitié amoureuse, mystérieuse, mystique, nourrie par des entretiens nocturnes de plusieurs heures parfois, pleins de confidences, silences, déclarations, obscénités, etc. Deux règles absolues : ne jamais mentir (car le mystère ne doit pas dégénérer en mystification. D'ailleurs la farce téléphonique n'est que le pressentiment caricatural par le vulgaire des jeux sublimes de Wladimir Z.). Et ne jamais chercher à connaître sa partenaire autrement que par le truchement téléphonique. C'est souvent sur cette seconde exigence que se brisent ses liaisons le plus longuement et amoureusement mûries. Il m'avoue n'avoir pas encore trouvé la complice idéale qui se contente indéfiniment de satisfactions purement téléphoniques, et veuille bien admettre qu'elles ne sont en rien une étape vers des relations plus palpables.

BAS-FONDS

Ils sont triples : la cuve, la fosse et le puisard.

Ma cuve à fuel qui fonctionne depuis 25 ans (elle a donc contenu $6\,000 \times 25 = 150\,000$ litres de fuel) est vide, et un spécialiste vient pour la récurer. Pour ce faire, cet homme — qui n'est ni jeune ni mince — s'introduit à l'intérieur par le « trou d'homme » de 45 cm de diamètre avec tout juste 40 cm d'espace jusqu'à la voûte de la cave. Le plus curieux, c'est qu'il a l'air d'aimer ça. Je descends dans la cave, et je suis surpris de voir sa tête hilare et mâchurée sortir du trou. S'il venait à avoir un malaise dans l'air empesté de la cuve, je me demande comment on l'en sortirait. Faudrait-il le couper en morceaux, comme pour un curetage, ou éventrer la cuve, comme pour une césarienne ? Il y a là une curieuse rencontre entre régression matricielle et fantasme d'inhumation (ou de crémation) qui vient se greffer sur mes étranges relations avec ma maison.

Fosse. Je constate que les enfants du voisinage viennent volontiers faire usage de mes W.-C. Certains même semblent ne venir chez moi que pour cela, soit qu'ils les jugent particulièrement confortables (il est vrai qu'on y trouve de la lecture en abondance), soit qu'ils éprouvent quelque répugnance à user de ceux de papa et maman. Je laisse faire. Je trouve assez bon que ces petits viennent offrir sa nourriture quotidienne à ma cuve septique, sorte d'ogresse coprophage et souterraine, âme noire, gourmande et immonde de ma maison. Homme solitaire, petit mangeur et auteur parcimonieux, j'ai des inquiétudes de stérilité qui prennent figure de constipation au niveau le plus bas, et me feraient croire parfois que ma cuve septique exhale des soupirs de reproche.

Puisard. Depuis toujours les pluies abondantes entraînaient la formation d'une flaque dans la cave, qui devenait mare, qui noyait parfois la chaudière. A force de tarabuster mon plombier, le voilà qui creuse au centre de la cave un trou aux parois cimentées d'un mètre de profondeur et de quarante centimètres de côté (donc de 160 litres de contenance). C'est ce qu'on appelle un *puisard*. Définition du dictionnaire : égout vertical sans écoulement. J'admire cette définition exacte, mais doublement contradictoire : un égout est un conduit horizontal, servant à l'écoulement des eaux. Depuis, je ne me lasse pas d'observer l'eau qui chaque jour monte et descend au fond du trou. C'est un miroir noir où se reflète ma tête, et que parcourent parfois de mystérieux frémissements. Une semaine, il s'est trouvé complètement à sec, et j'ai pu voir, et même à grand-peine palper, les viscères fauves de ma maison. Plus tard, peu s'en est fallu qu'il déborde. C'est beaucoup mieux qu'un thermomètre ou un baromètre. C'est l'anus, ou le vagin, ou l'intestin de la maison. Un étrange narcissisme me fait parfois descendre en pleine nuit pour observer mon puisard. Une fois, rentrant d'un dîner, j'ai trouvé une sorte de bêche dans un chantier à proximité. Elle avait la forme et la longueur voulues pour atteindre le fond du puisard. J'ai peiné deux heures pour tirer du trou par quantités infimes un sac de très belle terre rousse probablement tout à fait stérile. Je me demande si je parviendrais à m'y glisser tout entier comme un fœtus. Il faudrait qu'auparavant une retraite sévère me réduise considérablement. Il y a un couvercle de ciment. Si je le rabattais sur ma tête, qui donc viendrait me chercher là ? Une nuit, j'ai montré mon puisard à Catherine M. En descendant, elle était verte de peur. Mais plus tard, elle m'a avoué sa déception : elle espérait que j'allais l'assommer, la couper en morceaux, et en remplir le puisard.

Le plombier a parlé d'une pompe électrique placée au fond du trou et qui évacuerait l'eau automatiquement. Je n'aimerais pas cette violence mécanique infligée à ma maison dans ce qu'elle a de plus intime et de plus humaine.

NOCTURNE

Toute la journée, les visites se sont succédé. Puis la nuit tombe, et il n'y a plus personne. Me voilà seul jusqu'à demain. Avec une joie mêlée d'angoisse, je me prépare à cette traversée de la nuit qui aura ses illuminations, ses pleurs, ses longs glissements dans la paix du corps, les fantasmagories des rêves et la douceur meurtrie des rêveries. C'est un voyage immobile — la tête à l'est, les pieds à l'ouest — où tout peut arriver, l'ange de la mort et celui qui donne l'étincelle créatrice, la lourde et noire déesse Melancholia et l'appel au secours d'un ami ou d'un voisin. Ma solitude nocturne est l'autre nom d'une immense attente qui est celle aussi bien du dormeur que du veilleur.

...

Cette nuit, je sens contre mon corps endormi des frôlements d'ailes, des battements furtifs. Je dis : il y a des oiseaux dans mon lit. Des oiseaux ou des chauves-souris. Une voix répond : non, ce sont les âmes des morts du cimetière. Depuis des siècles, elles attendent par milliers derrière le mur.

...

 J'ai bien dormi, car mon malheur a dormi lui aussi.
Sans doute a-t-il passé la nuit couché en boule sur la
descente de lit. Je me suis réveillé avant lui, et j'ai eu
quelques secondes de bonheur indicible. J'étais le
premier homme ouvrant les yeux sur le premier matin.
Puis mon malheur s'est réveillé à son tour, et aussitôt il
s'est jeté sur moi et m'a mordu au foie.

Villes

*Une prison, ce n'est pas
seulement un verrou, c'est
aussi un toit.*

LE FANTÔME D'ARLES

En Arles, où sont les Alyscamps, la pégoulade
déroule chaque an nouveau son cortège de jeunes filles
en coiffe et costume, ses tambourinaires avec leur
galoubet, ses gardians de Camargue sur leurs petits
chevaux blancs. On danse la farandole. Les razeteurs
vont cueillir la cocarde entre les cornes des taureaux.

Mais, la nuit, j'entends sous ma fenêtre le martèle-
ment d'une autre galopade, solitaire celle-là.

Élue pour quatre années, la reine d'Arles doit être
née dans le « pays », parler le provençal, rester pucelle.
Comme elle est très jolie, il arrive qu'elle n'attende pas
la fin de son règne pour se marier. Elle cède alors son
sceptre à l'une de ses suivantes. Quand l'enfant est né,
le parrain lui apporte une assiette contenant une
poignée de sel, une allumette, un œuf et un petit pain.
Et il lui dit (en provençal) : « Que ton petit soit sage
comme le sel, droit comme une allumette, plein
comme un œuf et bon comme le pain. »

Mais dans les ruelles sombres, humides et pentues,
un rouquin venu du Nord court, talonné par la folie.

Sur la place du Forum — appelée autrefois « place

des hommes » parce que c'était là que les valets de
ferme venaient se faire embaucher —, la statue du
grand Frédéric Mistral nous accueille. Il semble sur le
point de partir, l'auteur de *Mireille,* avec son manteau
sur le bras. « Il ne manque que la valise », disait-il lui-
même de cette statue qu'il n'aimait pas trop. Il est vrai
qu'il y ressemble furieusement à Buffalo Bill, avec sa
barbiche et son chapeau à large bord. Buffalo Bill qu'il
rencontra et qui lui offrit son chien. Si vous allez au
cimetière de Maillane, vous le retrouverez, ce chien
américain, il est sculpté sur le mausolée du poète
félibre.

Mais Mistral croisa-t-il dans une des petites rues qui
dévalent vers le Rhône le peintre ensanglanté galopant
vers une femme ?

Partout en Arles, vous verrez des petits groupes
palabrer ardemment à l'ombre des platanes autour du
« cochonnet » que cernent de belles boules de métal
brillant. Yvan Audouard, expert en la matière, vous
l'expliquera mieux que personne : la pétanque recons-
titue partout où elle se joue — et même dans la cour
d'une usine, d'une prison — l'atmosphère de familiarité chamailleuse et pourtant courtoise d'un village
d'autrefois.

Oui, Arles est une petite cité riante et ensoleillée.

Mais j'entends toujours dans l'ombre de ses ruelles
sinueuses résonner les lourds brodequins de Vincent
Van Gogh inondé de sang, portant l'oreille qu'il vient
de se couper avec son rasoir en hommage à une
prostituée du bordel de la Roquette.

LE DERNIER SPECTATEUR
D'AVIGNON

Les tréteaux étaient démontés. Avignon avait lavé son maquillage et remisé ses costumes. La place de l'Horloge ne grouillait plus de saltimbanques, géants-échassiers, cracheurs de feu et autres hommes-orchestre. Les hippies ne dormaient plus dans les ruisseaux. Ils s'étaient relevés, rasés, astiqués, coiffés et, revêtus de chemisettes et de shorts blancs, ils jouaient maintenant au tennis avec leurs parents sur les courts de Deauville et de Biarritz. Les Avignonnais reprenaient possession de leur ville.

Mes pas m'avaient mené sur la promenade du rocher des Doms. Je m'étais attardé devant la vue splendide que l'on a au nord sur le pont Bénézet, le Rhône, l'île de la Barthelasse constellée de tentes orange et vertes, et, plus loin, Villeneuve-lès-Avignon, la tour de Philippe le Bel et le fort Saint-André. J'avais salué au passage la statue du Persan Althen qui, nous dit-on, introduisit en 1760 dans le Comtat la culture de la garance qui servit longtemps à teindre en rouge le pantalon de nos tourlourous.

Puis, me tournant vers l'est, je voulus scruter

l'horizon où l'on aperçoit par temps clair les hauteurs du Lubéron.

La femme était là, seule, superbement endimanchée, coiffée, laquée, fardée, et elle parlait à grands cris et à grands gestes. A qui s'adressait son ardente déclamation ? A la cascade des toits avignonnais couverts de tuiles romaines ? A l'horizon noyé dans une brume de chaleur ? Aux martinets qui sillonnaient le ciel en piaillant ?

— Ohé ! Mami ! criait-elle.

Suivait une harangue véhémente dans une langue qui pouvait être de l'espagnol ou du portugais. Je ne comprenais pas, mais ses intonations n'étaient pas tristes. Il y avait de la gaieté dans son discours, une gaieté peut-être un peu forcée, des encouragements, des promesses, de la tendresse. Quant au destinataire de ce message passionné, je finis par le découvrir à force de fouiller l'espace où il se déployait. En contrebas du rocher, j'ai vu une cour pleine de gravats et, au-delà, un bâtiment dont la sévérité, les hautes fenêtres grillées, l'aspect aveugle et rébarbatif disaient clairement la fonction : maison d'arrêt, pénitencier, prison...

Or cette façade n'était morte qu'en apparence. Dans l'ombre, la vie guettait la vie. Et à travers les barreaux une main est sortie, un avant-bras maigre et noir, tandis qu'on devinait à l'intérieur la pâleur d'un visage, la blancheur d'un maillot de corps. Une main qui a fait un geste lent, d'adieu ou d'au revoir, un geste d'espoir ou de gratitude.

J'ai compris que la dernière tragédienne d'Avignon ne jouait que pour un seul spectateur, et qu'elle n'était en vérité si tapageusement habillée, si outrageusement fardée, si indiscrètement expansive que par devoir, par fidélité, parce que bonne épouse, compagne indéfectible d'un homme retenu à une cinquantaine de mètres.

Alors je suis parti afin de ne pas entendre — même à travers le voile d'une langue étrangère — les promesses qu'elle lançait au prisonnier pour son retour, pour le jour — ou la nuit — de leurs retrouvailles.

CINQ JOURS...
CINQUANTE ANS... À HAMMAMET

Dérapage : Dieu m'est témoin qu'en m'installant à Arles, au cœur de la ville ancienne, entre les Arènes, le Cloître Saint-Trophime et le Théâtre Antique, je me croyais arrivé, je ne voyais pas plus loin que la Camargue.

Il m'a fallu deux ans pour m'aviser que l'aéroport de Marignane n'était qu'à quarante-cinq minutes, et qu'il en partait chaque jour des avions pour Rabat, Oran et Tunis. Depuis, le dérapage est inévitable. Je vais à Arles. Je crois aller à Arles. Et je me retrouve en Afrique, dans l'une des trois Afriques blanches, l'espagnole (Maroc), la française (Algérie), ou l'italienne (Tunisie). Arles ne serait-elle qu'une étape vers l'Afrique, et, au retour, un palier de décompression avant de regagner la Vallée de Chevreuse ?

Cette fois, ce sera Hammamet. Des amis lotophages me font signe sur le seuil d'une maison magique habillée de bougainvillées et couronnée d'asparagus.

Adieu, Alyscamps !

Initiation : Dans le ciel provençal de minces nuages en filaments griffus annoncent la fin de la canicule et l'irruption prochaine du seigneur mistral, sec, glacé, purificateur. Déjà la température se fait moins pesante après des semaines d'étuve.

Mais dans la Caravelle de Tunis-Air, on nous prépare dès le décollage à un changement de climat d'un autre genre. Nous atterrirons à Carthage dans cent minutes. Il y fait beau, la température y est de 34 degrés. La promesse de cette chaleur est accueillie par les voyageurs avec des plaisanteries ; mais une demi-heure plus tard, les sourires se figent lorsque la voix suave de l'hôtesse nous apprend qu'il fait de plus en plus beau en Tunisie et la température y est de 38 degrés. C'est la panique au moment de l'atterrissage. La température promise est montée à 41 degrés.

On s'avance sur la passerelle et on est enveloppé par un souffle de lance-flammes. On résiste par la grâce d'une certaine provision de fraîcheur accumulée par l'organisme. Mais la rémission sera de brève durée. Il y a trois cents mètres à parcourir jusqu'aux bâtiments tout neufs de l'aéroport de Carthage. Les voyageurs s'élancent, tels les habitants de Sodome fuyant sous la pluie du feu biblique. A mesure qu'on s'enfonce dans les salles de réception, la température devient plus clémente. Dehors 46 degrés, ici 23 degrés.

Leila m'accueille avec un mince bouquet de boutons de jasmin.

Deux heures plus tard, Michelangelo Durazzo tombe du ciel à son tour.

Deux heures plus tard, le trio de l'amitié henso-nienne est réuni autour de son maître dans l'ombre du jardin tropical. On boit du thé glacé à la menthe. Le soleil éteint sa fournaise. Au moment où ses derniers

rayons quittent le sol, les paons prennent leur vol et
vont rejoindre les lueurs roses du couchant au sommet
d'un acacia géant. Ils y resteront branchés toute la
nuit.

Le vent du soir se lève. Les baobabs palabrent entre
eux, et les lauriers-roses rament dans le vide de leurs
branches défleuries. En un instant, nous sommes tout
blancs, couverts de pistils d'eucalyptus.

Une histoire d'amour. En 1917 un jeune Américain
originaire de Géorgie débarquait en Europe sous
l'uniforme de la U.S. Navy. La guerre terminée, il
tombait sous le charme des « années folles », en vérité
les plus créatrices et donc les plus sages que l'Europe
ait connues depuis longtemps. Il ne devait plus
retourner aux U.S.A. que pour de brefs séjours.

Paris, Montparnasse, Dada, le Surréalisme, Picasso.
Man Ray stupéfié par la beauté presque inhumaine,
scandaleuse de Jean Henson le prend pour modèle et
fait de lui une série d'admirables photos.

Puis l'Italie, Naples, Capri, Anacapri. Pour Jean,
l'île de Tibère est le lieu de trois rencontres décisives,
qui vont changer sa vie.

C'est d'abord celle du Dr Axel Munthe dont la
raison d'être est en train de s'incarner, de se pétrifier
dans une maison, une villa suspendue au milieu des
fleurs au-dessus du Golfe de Naples. S'identifier à une
demeure, mettre toute sa vie dans une maison conçue
ex nihilo, puis bâtie pierre par pierre, enrichie chaque
jour, personnalisée à outrance, tout de même que la
coquille que l'escargot sécrète autour de son corps
mou et nu, mais une coquille qui serait sécrétée,
compliquée, perfectionnée jusqu'au dernier souffle, ce

que Descartes appelait une *création continuée* — et il voulait dire par là que Dieu ayant créé le monde ne s'en est pas retiré, mais qu'il continue à le créer à chaque instant autant qu'au premier instant de la Genèse, le maintenant sans cesse à l'être par son souffle créateur, faute de quoi, dans la seconde même toutes choses retourneraient au néant.

(Ainsi il ne fait pas de doute pour le visiteur que la prodigieuse maison de Henson s'effacera avec son jardin de la surface du Golfe de Hammamet lorsque Jean aura disparu — et cela à une vitesse prodigieuse, effrayante, magique.)

L'autre rencontre est celle de Violett. Une petite Anglaise divorcée, un peu plus âgée que Jean, fine comme l'ambre, nerveuse, dévorée par une intelligence fiévreuse, le ferment d'inquiétude et d'activité qu'il fallait au calme et puissant Géorgien.

Enfin la bouche de l'oracle devait s'exprimer par celle d'un Anglais de quatre-vingt-onze ans, retiré lui aussi à Capri, et qui, ayant vu Jean et Violett, leur fit connaître qu'ils n'étaient pas encore à leur juste place, qu'il fallait repartir, descendre plus loin vers le sud, vers l'orient, sur les rivages africains, et dresser leur tente dans les sables du Golfe de Hammamet.

Ils obéirent. C'était il y a un demi-siècle, en 1923. Hammamet, c'était une casbah fortifiée aux remparts battus par les flots, un hôtel, l'hôtel de France, et ensuite plus de quarante kilomètres de sable doré bordant en arc de cercle des bois de cyprès et d'eucalyptus. Ils étaient les premiers, Adam et Ève en somme. Mais tout était à faire.

Ils creusèrent pour atteindre l'eau. Depuis, une

éolienne met au-dessus des frondaisons l'animation insolite de son tournoiement de jouet d'enfant géant, et une onde claire d'abord collectée dans une piscine se répand sur deux hectares de jardins par un réseau de rus qu'ouvrent et que ferment de petites vannes. Puis ils plantèrent et ils bâtirent.

La création avait commencé. Elle n'a plus cessé depuis, car cette maison, ce jardin sont êtres vivants, reliés en symbiose à l'organisme de Jean, et soumis comme lui à des croissances, des résorptions, des mues, des déclins et des reverdies.

Trois maisons. A chaque âme son foyer, à chaque homme sa maison. Mais la caractérologie et l'architecture sont d'accord pour garnir de vastes catégories avec des cas particuliers — lesquels s'en trouvent éclaircis, explicités.

De l'exemple d'Axel Munthe, on dirait que Jean ne s'est inspiré que pour en prendre le contre-pied. Au belvédère de San Michele dominant orgueilleusement l'horizon, il a préféré la demeure basse, tout en rez-de-chaussée — en rez-de-jardin devrait-on dire — enfouie dans la verdure. Axel Munthe veut voir, et plus encore être vu. Henson ne se soucie d'aucun spectacle extérieur et cherche le secret. La maison de San Michele est celle d'un solitaire, d'un aventurier, d'un conquérant, le nid d'aigle d'un nomade entre deux raids. La maison de Jean et de Violett est un terrier d'amoureux. Amoureux l'un de l'autre, mais aussi du pays, de la terre avec laquelle on veut se sentir en contact. Des fenêtres, on ne voit rien, et la clarté qu'elles diffusent est tamisée par des rideaux de feuillages. C'est une maison terrestre, terrienne, tellurique, pourvue des prolongements végétaux qu'elle exige.

Un troisième type d'habitation trouve son illustration exemplaire avec la demeure que Jean-Claude Pascal a creusée dans l'épaisseur des remparts de la casbah. Tout appartient ici au règne minéral et à l'élément marin, à la pierre et au sel, et se trouve donc doublement voué à la stérilité. Les pièces se succèdent et s'enchevêtrent, communiquant entre elles par des petits escaliers, des chicanes, d'étroits couloirs. On se croirait à l'intérieur d'un immense coquillage ou dans l'oreille interne d'un Titan, perdu entre les osselets, le tympan et la trompe d'Eustache. Devant les ouvertures un « oiseau de nacre » fait crépiter ses disques translucides dans le vent du large, avec pour effet, dit-on, d'effrayer les mauvais esprits.

C'est un paroxysme de raffinement, un délire de décorateur ayant eu le pouvoir despotique qu'il fallait pour rassembler ici ce que le bassin méditerranéen possédait de plus rare, depuis les faïences carthaginoises jusqu'aux énormes robinets de cuivre de bains maures qui voisinent dans la salle de bains. L'ombre de Des Esseintes erre dans ces lieux.

La maison Henson est le produit d'une lente et viscérale végétation. Celle de Pascal est la vision instantanée, abstraite et stylisée d'un cerveau jeune et impatient.

Nocturne. J'ai couché dans la chambre de Violett. J'ai dormi dans le lit de Violett. Elle n'est pas loin au demeurant, car je peux voir sa tombe par la fenêtre, orientée comme le lit dans l'axe de la course solaire. Mais elle a la tête au levant, moi au couchant, tellement que chaque nuit nous dérivons en sens inverse, nous nous croisons, nous gisons tête-bêche, flanc contre flanc.

Rarement le beau mot de « hanter », si souvent déshonoré par des contes stupides, aura trouvé un sens aussi profond et aussi pur.

...

Un rayon de lune m'invite à sortir au cœur de la nuit. Exquise fraîcheur du jardin, alors que la maison n'a pas fini d'exsuder la chaleur moite du jour. Un buisson bas qui est peut-être du lavandin attire mon attention par le scintillement qui le couvre. Je m'approche. Ce sont d'innombrables petits papillons d'argent qui butinent des fleurettes dans la lumière lunaire. Surprise. Mais en vérité pourquoi les papillons de nuit ne butineraient-ils pas les fleurs eux aussi ?

Prière du matin. Seigneur, place sur mon chemin un grand amour qui illumine et saccage ma vie !

Dans le calme du cœur et du sexe, je ne formule pas cette prière sans crainte ni tremblement, sachant d'expérience que mes vœux pour peu qu'ils soient ardents sont toujours à la longue exaucés.

Post-scriptum à une prière : Seigneur lorsque je fais un vœu, ne l'exauce pas sans ménagements !

Vegetalia. Michelangelo Durazzo est le plus charmant compagnon qui soit, débordant d'une érudition baroque, cosmopolite et hétéroclite où le Dalaï Lama, les iguanes de Java et Federico Fellini s'entrechoquent comme des coupes de champagne. Drapé dans une sorte de boubou sénégalais, il déambule dans le jardin qu'il photographie sous tous ses angles en me donnant une leçon de botanique.

Voici donc dans les pièces d'eau les lotus dont la fleur ne dure qu'un jour, laissant une capsule percée de douze, seize ou vingt-quatre petits trous, telle une salière, à l'intérieur de laquelle crépitent les graines qui font perdre la mémoire. A côté d'eux, des papyrus, des nénuphars, des nénuphars du Nil — dressés au-dessus de la surface de l'eau —, des jacinthes d'eau, des iris, des oreilles d'éléphant dont les Indonésiens mangent le bulbe. Un bois de bambou serre l'enchevêtrement de ses tubes vernis dont le moindre souffle de vent tire des grincements, gémissements et craquements de bateau à voiles. Près de la tombe de Violett, sa roseraie en forme de demi-roue de pierre à six sections, bordées de violettes. Mais est-ce la saison ou l'absence de la maîtresse ? Pas une rose sur ces plants anémiques. En revanche les daturas — ou stramoines — nous offrent leurs grandes campanules blanches dont les émanations sont mortelles ; l'acacia des tropiques mérite son surnom d'arbre de feu par ses fleurs rouges et jaunes ; le paulownia est couvert de grandes fleurs bleues qui sentent la violette et symbolisent en Chine l'amitié ; le figuier de Barbarie nous propose ses fruits traîtreusement couverts d'une laine urticante, mais les citronniers remplissent chaque jour des corbeilles d'énormes citrons tendres comme des oranges. Je cours derrière Michelangelo essayant de retenir les caractères distinctifs de l'amaryllis, de l'hibiscus, du frangipanier, du ricin, appelé aussi *palma christi* en raison de la forme de ses grandes feuilles palmées à huit ou neuf divisions. L'ambria grimpe le long des murs et porte des fleurs en petites grappes très odorantes qu'on dirait sculptées dans de la cire. Voici encore le ficus parent de l'arbre à gomme dont les racines disjoignent et soulèvent les dalles du Temple d'Angkor, et voilà le Jasmin du Duc de Toscane, le gardénia de Sicile, le mystérieux arbre à clous, renflé à sa base comme un python qui aurait avalé un veau et dont l'écorce se hérisse de pointes dures comme de l'acier. Je note encore pour mémoire le jacaranda, arbre de bois précieux dont pendent des grappes mauves semblables à la glycine, et les modestes « ongles de sorcières » qui poussent dans le sable sec, se nourrissant de la seule humidité de l'air.

Midi. Soleil intense. Sur la plage une petite fille nue mais coiffée d'un grand chapeau de paille s'accroupit et se recroqueville pour se mettre tout entière à l'ombre de ses larges bords. Les fleurs des acacias jonchent les dalles des terrasses, mais il faut prendre garde de fouler ce tapis immaculé, parce que les abeilles le butinent en rase-mottes.

C'est à cette heure extrême que le mystère maléfique de la bibliothèque de Violett agit avec le plus de force. C'est une petite pièce octogonale coiffée d'une coupole et dont les murs sont couverts de rayonnages. Livres anciens, classiques, tous d'un haut niveau, Kipling, B. Shaw, G. Stein, O. Spengler, Keyserling, et les grands anciens, Homère, Shakespeare, tous en anglais, mais la production française d'après-guerre — Camus, Ionesco, Sartre — témoigne que Violett, du fond de sa retraite, n'ignorait rien, lisait tout, comprenait tout. Deux petites fenêtres carrées profondément enfoncées dans les murs et masquées de feuillages diffusent une lumière glauque et tremblante qui vient mourir sur un dallage de marbre noir et blanc figurant une étoile à huit branches inscrite dans un octogone. Au milieu de cette figure funèbre, un fragment de statue, la tête coupée d'un Neptune à demi défiguré... De toutes parts assiégée par l'incendie solaire, cette petite pièce obscure, fleurant le moisi des vieilles reliures et des feuillets humides baigne dans une mélancolie poignante. On songe à une nécropole de la culture et de l'esprit, contenant tout ce qui reste de deux mille ans de pensées, de poésies et de théâtres après une apocalypse atomique.

Erotica. Tunisie, terre de chair, chantait André Gide. Certes la civilisation musulmane a largement échappé aux miasmes du puritanisme qui empoisonnent l'Occident depuis deux siècles. Mais nulle part l'invitation à l'amour n'est aussi douce ni aussi obsédante que sur ces rivages. L'étranger nouveau venu est aussitôt abordé par les garçons, interrogé, flairé, palpé, moqué si ses réponses (« Ta femme, elle est loin ? ») sont par trop évasives. C'est la leçon particulière d'amour sur la plage. Ô combien de maris teutons, venus en toute innocence faire trempette avec bobonne et mouflets se sont trouvés embarqués sous les cyprès dans de surprenantes embardées !

On suit l'allée ombragée qui mène à la mer. Elle aboutit à un bassin entouré de colonnes. On descend quelques marches, et déjà c'est le sable et le sel hérissés de buissons épineux. Pourtant il faut encore traverser un taillis de mimosas et d'acacias avant de déboucher sur le vide marin. C'est le « Bois de Vénus », une retraite, une folie — comme on disait sous Louis XV — où les mandragores pulluleraient s'il était vrai que ces plantes poussent où tombe le sperme. Trois garçons y tiennent remise. Un Blanc, un brun et un Noir. Ils vous accueillent à tour de rôle, n'admettant d'être rebutés que par préférence pour l'un des deux autres.

Animalia. Le paon, oiseau de Vénus, est bien l'animal-totem qui convient à cette atmosphère chargée d'érotisme. Car lorsque le paon fait la roue, si l'on a le courage de regarder la vérité en face, on s'aperçoit qu'en fait *il se déculotte*. Il retrousse sa jupe de plumes pour exhiber son cul et son sexe. C'est le véritable sens de son geste qu'on s'acharne hypocritement à interpréter à l'envers. Sa nature est postérieure, et non antérieure.

Dame paon en modeste blouse grise piète parmi les philodendrons suivie d'une théorie de poussins. La petite famille a son protecteur, Heschmi, sept ans, promu berger des paons. Car la région est infestée de chats et de chiens à demi sauvages. Au milieu des fous occidentaux que nous sommes, toujours enclins à nous mettre nus au soleil ou dans la mer, Heschmi incarne l'inébranlable bon sens paysan. C'est devenu une plaisanterie routinière entre nous.

— Heschmi, nous allons à la plage. Viens te baigner avec nous !

Sa frimousse brune pétille d'ironie et de scepticisme. De toutes ses forces, il repousse cette invitation saugrenue. Boutonné jusqu'au col, il va s'accroupir sous un amandier dont il ne bougera plus jusqu'au soir.

Il y a les paons qui crient *Léon ! Léon !* et un gros coq blanc pesant et majestueux qui fait *Cocorico !* A vrai dire, ils se taisent l'un et les autres, considérant médusés et écœurés le perroquet vert qui leur a volé leur cri et qui pousse alternativement des *Léon* et des *Cocorico* usurpés. Il faut l'oreille exercée de Michelangelo pour distinguer dans ce concert d'imitations le rare cri authentique, plus timide, moins convaincu que sa flamboyante contrefaçon.

Les bacs et les bassins sont colonisés par les grenouilles et les tortues d'eau. Les tortues ont été introduites par Jean qui le regrette car elles ont pullulé, grossi démesurément et détruisent certaines espèces de plantes. Aux heures les plus chaudes, elles se hasardent sur les bords de leurs eaux, et replongent avec une vélocité extraordinaire, mais non sans bruit, dès que quelqu'un survient.

Le soir les grenouilles font un vacarme de tous les diables, produisant une gamme très complète de tous les bruits de bouche et de lèvres possibles, et notamment le claquement de langue traditionnel par lequel l'adolescent tunisien salue dans la rue une fille belle et non voilée. Leila qui milita contre le voile ne peut s'empêcher de tressaillir à chaque fois.

Ce matin Michelangelo, debout sur la margelle du bassin de la plage, s'est vu bientôt entouré par une foule de rainettes coassant à plein gosier dans sa direction. Il se croit depuis élu roi des grenouilles.

Parfois la cime des arbres est frôlée par une compagnie de beaux oiseaux vert métallique au vol rapide, vigoureux, au cri bref et péremptoire. Ce sont des chasseurs d'Afrique, et nous soupirons en apprenant qu'ils annoncent une aggravation de chaleur.

Mais le maître des lieux est indiscutablement le chat, les chats. Car ils sont légion et se répartissent en deux races apparentées mais visiblement sans mélange, les siamois, clairs, et les birmans, foncés. Cette fidélité à la pureté de leur race m'avait déjà frappé à Arles où des amis ont une chatte siamoise : dans la foule de ses prétendants elle est allée chercher à l'autre bout de la ville le seul chat siamois arlésien.

Aux heures ardentes, siamois et birmans s'accordent pour envahir le gros bougainvillée qui tord le lacis de ses ramifications sur la façade de la maison. Là, ils s'abandonnent la tête en bas et les pattes pendantes, vaincus, assommés par la touffeur du midi, accrochés dans les branches comme des peaux vides.

Non loin du grand sabot de pierre que Violett incrustait de coquillages en attendant Jean, prisonnier en Silésie, les chats de la maison possèdent leur cimetière. Chaque tombe est marquée à la musulmane par une simple pierre dressée, mais il s'agit là de fragments de constructions puniques glanés dans cette province qui fut jadis tout entière carthaginoise. Une seule tombe a droit à une inscription, celle d'Électre en raison de sa douceur, de sa noblesse et de son humour, mais aussi parce que ses cendres sont restées outre-mer :

In Loving Memory of
Electra
parents Suki and Trevor-Henson
Born June 17 th 1953 at Hammamet
Died April 14 th 1955 in Rome Italy
The sweetest, most noble and divertising
of cats

Cinq jours... cinquante ans... La qualité et la force du
charme de cette maison et de ce jardin, la violence avec
laquelle ils agissent et pèsent sur moi sont exprimables
sous une forme quasiment mathématique. Je suis resté
cinq jours et cinq nuits sous ce toit, sous ces arbres. Or
ce toit, ces arbres portaient en eux cinquante ans de vie
humaine...

Cinq jours, cinquante ans. Cette disproportion rend
compte de la masse écrasante, de la toute-puissante
séduction dont je sens l'effet mélancolique depuis mon
arrivée. Car ils sont là, ces cinquante ans, ces deux
mille semaines, ces dix-huit mille jours, visibles
comme les cercles concentriques qui disent l'âge d'un
arbre abattu. Mais l'arbre Jean Henson n'est pas
abattu, il est debout et bien vivant. Sans lui tout ici ne
serait que vestige, archéologie, musée, d'une touchante
mais inoffensive beauté, désamorcée par la mort. Avec
Jean cette fabuleuse collection de pierres, sculptures,
dessins, tableaux, coquillages, plumes, gemmes, bois,
ivoires, livres, fleurs, oiseaux... tout cela vit, palpite et
m'embrasse. Chaque chose, chaque être me dit qu'il a
eu son jour, son heure, qu'il fut alors introduit, admis,
glorieusement incorporé à l'îlot Henson — et ainsi je
deviens sensible à l'épaisseur formidable de cette durée
qui m'attire dans un vertige, comme la profondeur
bleutée d'un glacier. Et Jean règne sur ce domaine,
lente émanation de deux vies mêlées un demi-siècle.

Jean Henson, vieil homme admirable de générosité
et de force, parvenu à l'achèvement d'une vie qui fut
parfaite, dieu silène qui s'avance sous les pampres de
son verger soutenu par deux fidèles, César déchu par
la mort de Violett, en exil sur ces rivages africains, qui

va chaque soir d'un pas chancelant fleurir la tombe de celle qui fut l'âme de ces lieux...

Demain je m'envolerai vers le nord, ivre de soleil, de beauté et de mélancolie.

NUREMBERG 1971

14 juin 1971. Arrivé hier soir à Nuremberg pour voir
les expositions du 500ᵉ anniversaire d'Albert Dürer,
j'ai trouvé une chambre dans un « garni », au cœur de
ce quartier réservé aux piétons, promeneurs et ache-
teurs, interdit à tout ce qui roule. Que les Français qui
voyagent en Allemagne se le disent : un « garni » au
sens allemand du mot n'est nullement synonyme de
punaise, crasse et passe. C'est simplement un hôtel
sans restaurant, donc à rechercher *a priori*, étant donné
la médiocre qualité des restaurants d'hôtels, leurs
bruits, leurs odeurs. En fait d'odeurs, je n'ai pas à me
plaindre. Ma chambre est située juste au-dessus d'une
herboristerie qui fait monter jusqu'à moi des bouffées
de foin coupé où percent la menthe poivrée, la
pariétaire, la bourrache, le thym et la mélisse. Dans
cette ville peuplée de reproductions géantes des
œuvres de Dürer, ce bouquet de « simples » qui
m'accueille évoque bien sûr les délicates aquarelles
botaniques et florales de ce peintre requis également
par l'infiniment petit et par l'infiniment grand : la

touffe d'herbe et l'Apocalypse, l'étamine et l'étoile
filante. Dürer est tout entier dans ces extrêmes.

15 juin. Les extrêmes... Comment oublier que si l'on
fête ici le 500ᵉ anniversaire de Dürer, on pourrait
également accorder une pensée au 25ᵉ anniversaire du
Procès des criminels de guerre qui eut lieu au Palais de
Justice dont la silhouette se dressait intacte dans une
ville réduite en miettes ? Comment oublier également
les fêtes qui réunissaient autour du grand prêtre à
petite moustache tout le gratin du IIIᵉ Reich au milieu
de foules en délire ? Dans une salle de la Kaisersburg
dont la silhouette belliqueuse domine la mer des toits à
petites lucarnes de la ville, un spectacle permanent et
savamment stéréophonique retrace sur six écrans le
destin apocalyptique de Nuremberg : roulements de
tambours, pluie de bombes, champs de ruines. Mais
quelques mètres plus loin, le musée des Jouets nous
rappelle que Nuremberg est aussi la capitale de ces
petits objets peints et sculptés dont la fonction est de
livrer aux mains avides et destructrices des enfants le
symbole ludique du monde entier. Poupées, voitures
et jeux sportifs ressemblaient furieusement il y a deux
siècles à ce qu'ils sont aujourd'hui. Tout change au
contraire — et c'est la partie la plus intéressante du
musée — lorsqu'on nous montre des maisonnettes aux
façades ouvertes qui nous révèlent la disposition des
pièces, les meubles, l'atmosphère et l'économie
domestiques des demeures du XVIIᵉ et du XVIIIᵉ siècle.
On ressort, on fait quelques pas, et on se trouve à
l'endroit précis où — il y a eu 143 ans le 26 mai dernier
— un jeune garçon surgit semble-t-il du néant et
remplit la chronique de son temps sous le nom de

Gaspar Hauser. Aujourd'hui sa tombe porte cette inscription : *Ci-gît Gaspar Hauser, énigme de son temps. Naissance inconnue, mort mystérieuse.*

Albert Dürer, Gaspar Hauser, Richard Wagner, Hitler, les jouets.. Nuremberg est-elle une ville magique ?

16 juin. Si bon nombre d'artistes sont des déracinés, des hommes « sans feu ni lieu » comme dit la police — type Van Gogh — Dürer est inséparable de Nuremberg et de sa vieille Franconie. Nuremberg avec ses remparts, ses grosses tours rondes et bassement chapeautées, ses maisons à pignons et à encorbellements, mais plus encore la campagne environnante doucement vallonnée, ses champs d'avoine blancs limités par la muraille noire des hautes futaies de sapins, tout cela est furieusement durérien, et trouve un écho exalté — et comme son essence — dans les collections exposées au Kunstmuseum.

Hegel a écrit dans son *Esthétique* que ce qui distinguait les peintres hollandais et allemands des artistes italiens, c'était la présence constante, presque obsédante, dans leurs tableaux de leur environnement familier et même domestique. Mais il en va d'une œuvre comme d'un arbre : plus les racines s'enfoncent dans la nuit dense de la terre, plus grand est le morceau de ciel que la ramure peut embrasser. L'un ne va pas sans l'autre. C'est parce qu'il nous fait sentir dans *l'Enfant prodigue* le fumier d'une cour de ferme franconienne que Dürer sait aussi déchaîner la colère de Dieu et peupler ses forêts d'anges et de diables. Rien de plus instructif à cet égard que de replacer Dürer parmi les artistes contemporains qu'il aurait pu rencontrer. Ils s'appellent Vinci, Michel-Ange, Botti-celli, Bellini, Raphaël. Raphaël ! Après une cure de Dürer, chacun de ses tableaux ressemble à un ballet d'allégories, tant le poids de la chair et des choses en est absent !

17 juin. Ce jeudi matin, la ville est morte. On m'explique que c'est *Der Tag der Einheit* (le jour de l'unité), jour férié où les Allemands de l'Ouest sont invités à se souvenir dans le recueillement que l'Allemagne est une, et que 20 millions de leurs frères sont séparés d'eux par un mur. En fait de recueillement — et le beau temps aidant — c'est une fête champêtre dans tout le pays avec embouteillage des autoroutes et saucissonnades en musique sous les arbres. Ce genre de commémoration n'est possible en vérité qu'au mois de novembre. L'impression générale en tout cas est que l'Allemand de l'Ouest se soucie de la RDA comme d'une guigne. De l'Alsace-Lorraine perdue, Barrès disait « N'en parler jamais, y penser toujours ». S'agis-sant de l'Allemagne de l'Est, la formule semble être ici « En parler rarement, n'y penser jamais ». Qui de nous s'en plaindrait ? On songe au mot de Mauriac : « On m'accuse de ne pas aimer l'Allemagne. Comme c'est injuste ! Moi qui n'ai jamais été aussi heureux que depuis qu'il y en a deux ! »

18 juin. On cherche à s'expliquer la rudesse, la rusticité du trait de Dürer qui leur doit en grande partie sa force. Génie, talent, métier, trinité des fonctions artistiques à laquelle on pourrait ajouter la débrouillardise qui chez beaucoup tient lieu des trois autres. Génie, invention de la matière, talent, inven-tion de la forme, métier ou savoir-faire, parfaitement respectable, débrouillardise, parfaitement méprisable, il y a de ces quatre éléments en tout artiste et même en tout homme, mais en quantités et en proportions diverses... Dürer possédait au plus haut point le génie visionnaire d'infinis et créateur de mondes insoupçonnés avant lui. Le métier, c'était celui, incomparable, qu'il avait acquis dans l'atelier de son orfèvre de père et dans celui du peintre Michel Wohlgemüt. Mais le talent qui joue avec les formes et leur donne l'aisance souple et la grâce chorégraphique ? Ne pourrait-on pas dire que Dürer ignore cette faculté intermédiaire et nous surprend par le choc brutal du génie et du métier, celui-ci restituant scrupuleusement et donc à l'état brut, les cris et les éclairs du premier ? C'est ce que suggère sa comparaison avec certains de ses contemporains italiens dont le génie est excessivement interprété et comme amorti par le talent.

19 juin. Y a-t-il un autre artiste qui non content de ses autoportraits ait réalisé également plusieurs *autonus* ? Ceux-ci paraissent d'ailleurs se situer à la fin de la vie de Dürer, comme si son corps avait attendu pour entrer dans son œuvre de n'être plus chose admirable, instrument de plaisir et objet de complaisance, mais chose pitoyable, instrument de souffrance et objet de répulsion. Le nu du bain turc — ainsi appelé en raison du filet qui retient la longue chevelure de l'artiste — penche vers nous un visage émacié et fané, les membres sont osseux, la poitrine creusée, le ventre ridé, le sexe sénile. Plus émouvant encore est celui où Dürer semblable à un Christ supplicié montre du doigt un point de son flanc gauche cerné d'un coup de crayon, avec ce commentaire « c'est là que j'ai mal ». Il s'agit

sans doute d'un dessin destiné à un médecin pour une
sorte de consultation à distance...

20 juin. Je citais mercredi les artistes contemporains de
Dürer. Il faudrait également évoquer ses autres
contemporains, princes, hommes de guerre, penseurs,
théologiens. François 1er, Maximilien 1er, le pape Jules II,
Luther, Erasme, Melanchthon... En équilibre insta-
ble entre le gothique allemand, la Renaissance et la
Réforme, Dürer s'interroge. Il respecte Luther en qui
il se reconnaît comme allemand, mais il consacre le
plus lumineux de son œuvre à la vierge Marie. Il
reproduit avec une scrupuleuse exactitude un crabe-
tourteau, un sanglier, un veau à six pattes ou le cheval
harnaché d'un reître, mais il mêle comme par mégarde
à ce bestiaire une licorne et un homme à queue de
poisson. Devant tant d'incertitude, Dürer s'interroge.
Il s'interroge en peintre, penché sur un miroir et le
pinceau à la main. Rarement peintre aura laissé autant
d'autoportraits. Le plus ancien — l'artiste avait huit
ans — a brûlé il y a deux siècles à Munich. On le revoit
ensuite à treize ans, à vingt-deux ans (le portrait au
chardon), à vingt-sept ans (en prince de la Renaissance), à vingt-neuf ans (en Christ avec comme
signature *Albertus Durrus Noricus*, Albert le dur
Norique), puis ce sont des dessins, des esquisses où la
complaisance le cède de plus en plus au doute, à
l'angoisse. Dürer ne s'incline plus sur sa propre image
pour s'admirer, mais pour se demander — et nous
demander à travers un demi-millénaire — qui suis-je ?

UN DÎNER À TANGER

Étagée autour de nous sur sa colline crayeuse, Tanger allumait ses mille fenêtres. A l'horizon la nuit tombait sur le rocher de Gibraltar. A notre droite, la lune montait au-dessus des eaux calmes de la Méditerranée. A gauche, les vagues tumultueuses de l'Atlantique noyaient les dernières lueurs du couchant. Edmond Charlot venait d'évoquer son enfance algérienne, les tremblements de terre qu'il avait traversés, le premier surtout dont il ne pouvait se souvenir et qui avait fait crouler sa maison natale sur son berceau, tandis que ses parents dînaient au jardin. Il avait aussi connu les derniers nuages de sauterelles. Étrangement, c'était surtout le bruit de ces deux fléaux qui avait marqué sa mémoire, grondement caverneux, tellurique, fondamental du séisme, craquettement furieux, innombrable, vertigineux des gros criquets en train de déshabiller un arbre de toutes ses feuilles.

Puis il raconta son amitié pour Albert Camus dont il fut le premier éditeur dès avant la guerre, le groupe de la revue *Fontaine* qui réunissait également Henri Hell et Max-Pol Fouchet. C'étaient les derniers temps illu-

minés de jeunesse et d'esprit méditerranéen d'une terre
que beaucoup croyaient française à tout jamais, les
dernières clartés d'un âge d'or. Ensuite, ensuite...

Il nous dit encore qu'à Tanger il se sentait curieusement déporté vers l'ouest et qu'il s'efforçait de tourner
le dos à l'Océan, restant obstinément fidèle à ses
origines. Déjà Ulysse dérivant pendant dix jours sous
un vent de tempête s'était vu emporté « au bout du
monde » et avait échoué dans la grotte de Calypso que
Victor Bérard a pu situer très précisément à deux pas
d'ici, près de Ceuta, petite ville espagnole qui doit son
eau douce à la quadruple source mentionnée dans
l'*Odyssée*. Pour les purs Méditerranéens, ces confins
occidentaux (le Maroc, c'est le *Maghreb el Aqsa*, le
pays de l'extrême couchant) ne sont pas sans maléfices.
Charlot nous rappela que le Jardin des Hespérides où
Hercule couronna ses douze travaux héroïques, se
trouvait également non loin de là, à Lixus, devenu
Larache. Enfin il rapporta le dernier grand mystère de
cette terre, mystère montagnard celui-là. Il y a quelques années, une petite communauté juive installée
dans la vallée du Drâa, au sud de Ouarzazate, a
disparu, s'est littéralement volatilisée, avec une bibliothèque de manuscrits sacrés inestimables.

Depuis trop d'années, j'avais préféré la Tunisie au
Maroc pour n'être pas sensible au contraste. Maroc-
Tunisie. Rarement deux noms ont marié plus heureu-
sement la lettre et l'esprit, le premier par sa brièveté
sèche et minérale, le second par son tutoiement
caressant et charnel. Je venais de traverser des paysages
splendides, d'une grandeur et d'une austérité
farouches, et de me frotter à des gens hautement

intelligents, mais difficiles, ombrageux, peu ouverts à
l'humour.

Pour beaucoup, le Maroc, c'est Marrakech, ville
fiévreuse, musquée, frénétique, cynique qui prend le
voyageur par les épaules et qui ne le lâche plus. La trop
fameuse place *Jemaa el Fna* s'agite comme un grand
cirque permanent avec ses rôtisseurs, ses jongleurs,
acrobates, devins, conteurs, arracheurs de dents, mar-
chands de kif ou d'amour. Mais ma vision était
illuminée et approfondie par la présence à mes côtés
d'un photographe américain de génie, Arthur Tress,
qui faisait partout surgir sous nos pas des figures et des
scènes qui se ressemblaient dans leur hiératisme cruel
et loufoque parce qu'elles répondaient toutes à son
appel. Dans la médina de Marrakech son instinct l'a
conduit ainsi tout droit à une étrange boutique pleine
d'images, mais dont la façade affectait l'aspect d'une
cage à fauves. Le patron qui nous en fit les honneurs se
présenta comme artiste photographe, un confrère
d'Arthur Tress en somme. Sa spécialité : le portrait
rêvé. Quand un client se présente, il commence par le
soumettre à une psychanalyse de sa façon. Puis il se
met au travail. Il peint un décor en trompe l'œil, il
rassemble des accessoires, il fournit un costume, il
dessine un maquillage. Vous voilà devenu conformé-
ment à votre rêve secret Al Capone, coiffé d'un
borsalino rabattu sur l'œil, braquant une mitraillette
dans une rue de Chicago qui paraît sortir de la palette
du Douanier Rousseau. Ou bien ceint d'un pagne en
simili-léopard, vous êtes Tarzan gonflant ses pectoraux entre un lion empaillé et une panthère de papier
mâché sur fond de lianes et de fougères arborescentes.

Ou encore, prince des Mille et Une Nuits, vous trônez
couvert de soie et de bijoux au milieu d'un parterre de
femmes capiteuses. Et tout cela parfaitement sérieux,
grave, sévère même, car ici on n'est pas à la foire, on ne
plaisante pas avec les rêves...

Pourtant ce n'est pas de Marrakech que je rapportais
l'image-force de ces retrouvailles avec le Maroc. C'est
de Casablanca plutôt, de Casa la mal-aimée, la sur-
puissante, la moins « pittoresque » de toutes les villes
marocaines. Il faisait gris et froid. Une barre redoutable faisait crouler des vagues livides sur les rochers de
la corniche avec un grondement de tonnerre. Un vent
mouillé balayait d'embruns trois grands immeubles de
style H.L.M. en béton brut et secouait à chaque
balcon des guirlandes de guenilles noires et blanches.
Une poignée de garçons jouaient avec des exclama-
tions rauques à envoyer un ballon contre la façade
d'un des immeubles, et les impacts sonnaient comme
des coups de poing. Il y avait là une brutalité, une
désolation et une énergie qui blessaient et gonflaient le
cœur. Fort de ses montagnes, de son océan, de son
climat rude, mais aussi de ses affinités ibériques et de
son goût pour les chevaux, le Maroc sait mal sourire,
mais il augmente la taille et élargit la poitrine de ceux
qui l'aiment et le comprennent.

L'un des convives écoutait en silence les souvenirs
d'Edmond Charlot et mes propres impressions. Ses
lunettes studieuses de savant théologien n'adoucis-
saient pas son visage ascétique, aiguisé au vent du
désert et au feu de l'action politique. Nous connais-
sions la fabuleuse aventure de Muhammad Asad, et
elle donnait un écho extraordinaire au moindre de ses

propos[1]. Juif autrichien, né avec le siècle à Lwow en
Galicie orientale, il avait découvert le Moyen-Orient
en Palestine en 1922 comme correspondant d'une
agence de presse berlinoise. Sa métamorphose s'opère
en peu de temps. Il adopte l'Islam (« Moins une
religion qu'une manière de vivre »), la langue arabe, un
nom nouveau, le désert et son mode d'emploi naturel,
le nomadisme (« Si l'eau d'un étang reste immobile,
elle devient fétide ; elle reste limpide si elle coule. Ainsi
de l'homme qui voyage »), et surtout la cause des pays
arabes contre leurs colonisateurs occidentaux. Son
aventure devient alors celle d'un Lawrence d'Arabie
qui aurait réussi, parce qu'il aurait eu la force et le
courage d'arracher toutes ses racines occidentales au
lieu de chercher un impossible compromis. Bédouin
parmi les bédouins, il a lutté en Cyrénaïque contre les
Italiens, il a été le conseiller politique d'Ibdn Saoud, il
a connu l'ivresse mystique du pèlerinage à La Mecque.
Mais ce n'était encore qu'une première étape et une
préparation à l'œuvre grandiose qui se situerait à la
fois en Extrême-Orient et sur l'embouchure de l'Hud-
son. On parlait depuis longtemps de la création au
nord du continent indien d'un grand État islamique.
Lorsque le Pakistan fut créé en août 1947, Asad était
là, portant le jeune État sur les fonts baptismaux, se
faisant délivrer le premier passeport pakistanais de
l'Histoire, et c'est lui qui le représenta avec rang de
ministre plénipotentiaire auprès des Nations unies à
Paris, puis à New York.

Aujourd'hui, retiré à Tanger, au pied des Colonnes

1. Cf. Muhammad Asad, *Le Chemin de La Mecque*, Fayard éd.

d'Hercule, Asad met la dernière main à une traduction commentée en anglais du Coran. Cette retraite que le destin lui a assignée pour l'achèvement de cette œuvre sacrée est chargée de signification. Gibraltar, n'est-ce pas le trou de serrure par lequel le monde méditerranéen, équilibré, mesuré, limpide, fini, regarde avec effroi l'infini brumeux et brutal du grand océan ?

LE *REPUBLIC DAY* À NEW DELHI

Au début de l'année 1977, j'ai fait le plus grand voyage de ma vie. Je n'en ferai certainement jamais de plus lointain, ni de plus dépaysant. J'avais traversé le Canada de Cap-aux-meules à Vancouver, sillonné le Japon, cheminé dans la brousse de Douala, couché dans les sables du Tassili, visité le temple d'Abou Simbel. Pourtant en débarquant à Delhi, j'ai tout de suite compris que je me trouvais à l'étranger pour la première fois de ma vie. Inadéquation. C'est le seul mot qui convienne à ce pays. Inadéquation ou infidélité. Car les pays qu'on visite pour la première fois répondent avec plus ou moins de fidélité à l'image qu'on en avait. Fidélité à 95 % pour Venise, à 70 % pour Londres, à 60 % pour Tokyo. Rien de tel pour l'Inde. Avant de partir, j'avais lu consciencieusement trois ou quatre livres, les uns anciens, les autres plus récents, sur le pays des Maharadjahs et de Gandhi. Ces lectures n'ont même pas été démenties par la rencontre avec l'Inde. Il s'agissait d'autre chose. Tout ce que j'avais appris avant mon départ restait intact dans mon esprit, mais sans rapport avec mon expérience, laquelle semblait se dérouler ailleurs.

Aussi étais-je bien décidé à ne rien écrire sur l'Inde. Après bien des années, je me hasarde à le faire en attaquant de front l'inadéquation et l'infidélité inévitables. Certes je pourrais évoquer les rues chaudes de Bombay, les mendiants de Calcutta ou les bûchers funéraires de Bénarès, sujets exotiques par excellence. Je préfère m'en tenir au Republic Day indien qui se situe le 26 janvier. Mousson oblige... A part cela, c'est assez bien imité du 14 juillet français. Si ce n'est que l'étrangeté perce çà et là la toile peinte avec une insolence d'autant plus criante.

La veille nous avions rendu visite dans un vaste camp aux cinq cents danseurs et à leurs familles venus participer aux défilés et peupler les trente chars allégoriques symbolisant la vie profonde de cet immense pays. Ce camp où se côtoyaient et se mêlaient l'Himalaya et les Bouches du Gange, la côte de Malabar et celle de Coromandel, c'était un fabuleux rassemblement ethnique, religieux et artistique qui rappelait dans le désordre de ses feux et de ses instruments de musique, de ses costumes et de ses nudités le festin des Barbares qui ouvre le roman *Salammbô* de Flaubert. (Quand je parlais d'inadéquation ! Pourtant cette référence littéraire, je la maintiens, revendiquant le droit à mon bric-à-brac culturel, et de ne rien voir qu'à travers l'épaisseur déformante de ma subjectivité.) Nous avions là dans un raccourci saisissant un aperçu de la fabuleuse diversité de cette nation de 650 millions d'habitants de toutes couleurs, répartis en 21 États et parlant 1 652 langues recensées.

Après cela, on se fait reprendre si l'on dit, comme autrefois au temps « colonial », « les Indes » au pluriel...

Les 30 chars folkloriques et allégoriques qui défileront se dressent dans l'ombre et les lueurs, comme de grands vaisseaux fantastiques. On s'affaire, on mange, on boit, on danse en musique. Ce gros village incroyablement bigarré est là depuis un mois déjà, et sans doute mettra-t-il plus de temps encore à se disperser après la fête.

Cette fête — ce Republic Day — c'est donc à la fois le Carnaval de Rio, l'Independence Day américain et le 14 juillet français avec en plus des traits indiens inimaginables. Cela commence par une pluie de pétales de roses répandus sur le public par des hélicoptères, cependant que le calot blanc du Président de la République et la mèche grise d'Indira Gandhi se saluent et s'installent dans des fauteuils à baldaquins. L'armée est si briquée et vernissée qu'elle paraît sortie d'une boîte. Soldats de plomb et engins-joujoux. D'ailleurs voici des formations de petits garçons uniformisés et marchant au pas. Parvenus à ma hauteur, ils stoppent, font un quart de tour pour me faire face, et me saluent d'un grand cri. (Il est vrai qu'Indira et le Président ne sont pas loin. C'est peut-être aussi pour eux.)

Quant aux chars folkloriques et allégoriques, la référence à Rio ou à Nice qui s'impose relève intégralement de l'inadéquation déjà annoncée. La *Culture du Riz* a le sien, et l'*Élevage du cochon*, mais aussi la *Bataille démographique* (une « petite famille heureuse » papa, maman et deux enfants seulement). *La*

lutte contre les maladies contagieuses (une énorme
seringue transperçant un monstre vert), *La Lutte
contre la dot* (un jeune homme éploré assis dans l'un
des plateaux d'une balance ne « fait pas le poids » pour
équilibrer les richesses exigées sur l'autre plateau
comme prix de la jeune fille. Elle est là aussi,
suppliante, face à un père inflexible). Or ce spectacle
tourne évidemment le dos au folklore. Ce n'est pas à
l'étranger, au touriste qu'il s'adresse. C'est l'Inde elle-
même, ses provinces, ses castes, ses sectes et leurs
problèmes, qui se « représente » à elle-même. Il s'agit
moins d'une fête « foraine » (extérieure) que d'une
prise de conscience intérieure.

Des traits indiens inimaginables, ai-je écrit. Cette
fois, comme si souvent en Inde, ce sont les oiseaux qui
fournissent cette signature inimitable. Nous l'avions
remarqué dès notre descente d'avion. Au-dessus de la
tête de chacun de nous, très haut dans le ciel vide, un
vautour planait, tel un ange gardien, telle la colombe
du Saint-Esprit, mais sous son avatar funèbre et
charogneux. Le spectacle du Republic Day se terminait dans un passage d'avions militaires en rase-mottes
sur la foule. On nous remit un papillon rédigé en indhi
et en anglais nous enjoignant de ne pas déballer des
nourritures avant le passage des avions, lesquels
auraient pu être gênés par la ruée des vautours...

Ces oiseaux, c'est d'ailleurs surtout une variété de
petites corneilles qui infestent les villes. Vives, agiles,
intelligentes, d'une audace incroyable, elles s'introdui-
sent dans les cuisines dont les fenêtres ne sont pas
grillées, et, dans les rues, elles arrachent leur tartine
aux petits enfants.

L'après-midi, dans les somptueux jardins à la moghole de Rashtrapati Bhavan, le Président de la République donnait une réception. Des tables nappées, couvertes de petits fours formaient un rectangle ouvert, à l'intérieur duquel grouillait la foule des invités en grand apparat. Derrière les tables s'affairaient des serveurs dravidiens magnifiquement habillés, mais pieds nus. Et derrière eux, à trois mètres à peine, frémissait une autre foule, inquiète, fiévreuse, noire, ailée, qui avançait et reculait comme une mer de plumes, des centaines, des milliers, des centaines de milliers de corneilles, attendant on ne sait quel signal — qui ne se produisit pas en notre présence — pour s'abattre sur les tables, comme un vivant et dévorant filet.

LE CAIRE

Ton rêve est une Égypte et toi c'est la momie
Avec son masque d'or[1].

A cette ardente apostrophe de Jean Cocteau à son ami, endormi près de lui, le mot *Égypte* prête toute son énigmatique magie. Nul doute que cette magie appartienne à la sensibilité occidentale en général. Mais j'ai des raisons personnelles d'y être accessible. La cousine germaine de ma mère — nées et élevées ensemble dans le même village bourguignon — a épousé un jeune étudiant égyptien aveugle qui faisait ses études en même temps qu'elle au Quartier Latin, et qui devait devenir le célèbre écrivain arabe Taha Hussein. Bien avant d'aller pour la première fois au Caire, je voyais donc chaque année dans notre maison

---

1. *Plain-chant* (1922). Je crois que le titre de cet admirable poème doit être interprété à la lettre, et non sur un jeu de mots entre *plain* et *plein*. Plain vient de planus, plat. C'est donc le plat-chant qu'il faut entendre. Le poète et son dédicataire sont couchés à plat sur le dos, comme deux gisants de pierre. L'un dort, l'autre veille.

de Saint-Germain-en-Laye les quatre membres de notre « famille égyptienne ». J'étais impressionné par la haute figure de Taha Hussein, mystérieux savant coranique, écrivain immense dont l'œuvre me demeurait inaccessible, mais familier, charmant, au courant de tout, et, je crois, nourrissant une certaine prédilection pour ce lointain neveu occidental, mis à la porte chaque année d'un nouvel établissement scolaire, que j'étais pour lui, son opposé en tout point. Mais c'était surtout son fils, Moenis, qui m'éblouissait. Pour le petit Alain-Fournier que j'étais, ce Moenis — mon aîné de quatre ans — c'était le Grand Meaulnes. A un âge où je m'attardais encore dans les bandes dessinées, il avait publié son premier recueil de poèmes. Il avait tout lu, tout compris, parlait couramment l'arabe et l'anglais, il débordait d'anecdotes et de souvenirs sur les célébrités qui défilaient chez son père — de Gide à Cocteau, de Massignon à Jouvet. Et surtout, il était environné par la somptueuse imagerie qu'évoquaient dans mon esprit les pyramides, le désert d'Assouan, Louxor, et même le Liban et Baalbek.

De nombreuses années devaient passer avant que j'aille sur place confronter le rêve et la réalité. Je fus en Égypte une première fois en 1976. Je viens d'y faire un second séjour, accompagné par mon ami le photographe Édouard Boubat dont j'avais eu l'occasion par deux fois déjà d'apprécier les qualités de compagnon de voyage, au Canada et au Japon.

Je mentirais — et personne ne me croirait — si je disais que Le Caire est une ville idyllique où l'on souhaite finir ses jours. Hélas, cette cité est en proie au mal des grandes métropoles du tiers monde, comme

Mexico, Calcutta et même Alger : son infrastructure
matérielle est écrasée par un afflux de population
insupportable. Lorsque l'une de ces villes est matériel-
lement prête — par la largeur de ses rues, ses
transports en commun, ses services publics, et tout
simplement ses habitations — à recevoir deux millions
d'habitants, et qu'elle doit en abriter dix millions, c'est
le chaos. D'un certain point de vue Le Caire est un lieu
inhabitable, largement tempéré il est vrai par la
gentillesse, l'humour et la facilité de contact des
Egyptiens. Il y a un certain sourire pour surmonter les
situations les plus catastrophiques qui n'est que cai-
rote. Je n'en citerai qu'un exemple. J'attends au bord
d'un trottoir avec quelques piétons, et nous voyons
défiler des autobus surchargés. Des grappes humaines
sont suspendues aux portes, aux pare-chocs, à la
galerie. Je m'écrie : « Mais c'est affreux ! Mais il doit y
avoir des morts ! » Un passant qui m'a entendu me
répond : « Oh Monsieur, s'il n'y avait que des morts !
Mais c'est qu'il y a aussi quelquefois des naissances ! »

Ce second voyage m'a révélé un aspect nouveau et
assez grandiose du Caire. Dans mon roman *Les
Météores*, j'ai accordé une grande place aux dépôts
d'ordures et à l'étrange petit peuple des éboueurs,
biffins et autres chiffonniers. Cela incita mes hôtes
cairotes à me révéler les gadoues de leur ville. Elles se
trouvent dans les carrières de Mokhatam, d'où furent
tirées, selon les archéologues, les pierres des pyramides de Gizeh. J'ai longuement décrit les gadoues de
Marseille situées près de Miramas. L'originalité de
celles du Caire, c'est qu'elles sont habitées. Une
population sauvage — sans état civil, c'est-à-dire sans

naissances, sans morts, sans service militaire, officiellement inexistante — évaluée à quinze à vingt mille
personnes, s'y est installée à demeure. Car l'enlève-
ment des ordures urbaines n'est pas organisé par la
ville. Il est laissé — si l'on peut dire — à l'initiative
privée, en l'occurrence des milliers de petites carrioles
à ânes — trois ânes attelés de front — qui sillonnent
l'immense cité et convergent vers ces hauts lieux
sinistres.

On ne va pas là sans guide, faute duquel on
risquerait la lapidation. Le guide, c'est sœur Emmanuelle ou l'une de ses compagnes. Sœur Emmanuelle,
la madone des gadoues, une petite femme sèche et
souriante d'une force de conviction irrésistible, dont la
foi ferait s'agenouiller des chênes. Elle a fait construire
à Mokhatam une école et un dispensaire. Son rêve,
c'est une usine pour transformer les détritus urbains
en compost utilisable par l'agriculture. Il lui faut des
milliards. Elle les trouvera. Si Harpagon existait, au
bout de cinq minutes, il lui donnerait sa cassette. On
ne résiste pas à sœur Emmanuelle. Mais notre guide,
ce sera sœur Anne, son bras droit. Celle-là, c'est une
boule de muscles, un bulldozer femelle. Nous partons
en voiture tout-terrain, car pas un véhicule ordinaire
ne viendrait à bout des monticules et des fondrières
orduriers. Nous longeons la fameuse *Cité des morts,*
ce cimetière chrétien dont les chapelles mortuaires et
les caveaux de famille ont été squaterrisés par toute
une population. Un vrai quartier résidentiel en comparaison de ce qui nous attend. Il fait un temps frais et
ventilé de février méditerranéen. Pourtant nous
sommes dès l'abord pris à la gorge par une puanteur

acidulée très particulière, inoubliable, qui va impré-
gner nos vêtements pour longtemps. On ne peut
imaginer ce que doit être la pestilence de ces lieux dans
les grandes chaleurs de l'été. Nous nous retrouvons
dans un curieux et immense village. Les habitations
sont composées d'un enclos et d'un gourbi, l'un et
l'autre façonnés en ordures, et peuplés d'enfants, de
femmes et de cochons noirs, certains énormes,
couchés sur le flanc, nourrissant une brochette de
porcelets couinants. Des enfants se poursuivent en
riant, comme partout ailleurs. L'école est vide en
raison des vacances d'hiver. Mais dans le dispensaire,
nous voyons arriver un grand brûlé, transporté sur
une planche recouverte d'un tapis et montée sur un
essieu de voiture avec deux roues aux pneus lépreux.
« Notre ambulance », plaisante sœur Anne. Les
blessés sont soignés par des infirmières françaises.
Nous ne voyons pas un médecin, pas un homme à
l'horizon. Et peut-être est-ce mieux ainsi à en juger
par la foule des femmes drapées de noir, au visage
anxieux et farouche, accroupies dans la salle d'attente.
La médecine, comme l'ethnographie, a tout intérêt à se
féminiser. J'ajouterai : comme la photographie, car
tout ce qu'il y a d'indiscret et même d'agressif dans
l'acte de photographier est mieux toléré venant d'une
femme. Au demeurant, je n'ai pas encore vu les images
de Mokhatam faites par le grand Boubat qui était à
mes côtés dans cette expédition. Je suis curieux de
découvrir comment son sens de l'amitié et de la
douceur s'est accommodé des scènes et des personnages de ce dernier cercle de l'enfer.

L'enfer, vraiment ? C'est le mot que j'avais pro-

noncé en présence de sœur Emmanuelle. Elle a rectifié
avec fermeté : « L'enfer ? Non, le purgatoire. » Quant
à sœur Anne, elle a su nous clouer par un dernier aveu.
Les pieds enfoncés dans les immondices, harcelée par
un tourbillon de papiers souillés soulevé par le vent,
elle nous a expliqué : « Voyez-vous, je viens de
travailler dix-sept ans dans une clinique de Genève.
J'avais bien besoin de me désintoxiquer... »

DE JÉRUSALEM À NUREMBERG

7 mai 1985.

La Frankenhalle de Nuremberg peut recevoir jusqu'à sept mille spectateurs. Ce soir, elle déborde de jeunes aux cheveux longs, bottés et culottés de cuir, un gilet couvert de badges sur leur torse nu. Sur la scène l'idole hambourgeoise Udo Lindenberg et ses rockers mènent un train d'enfer. Les guitares sèches, la batterie, un saxophone rétro et les éructations du chanteur, amplifiés par une sono géante, font trembler les poutrelles d'acier et balaient la foule d'un souffle de tempête. Je me tasse dans mon fauteuil en me demandant ce que je suis venu faire dans cette galère. Soudain un organisateur se penche vers moi et prononce ces mots affreux :

— Dans trois minutes et demie, c'est à vous !

Je me lève avec l'ardeur d'un veau qu'on mène à l'abattoir. Quelle idée a eu Willy Brandt de s'adresser à moi pour donner un « cachet » littéraire à cette fête de la S.P.D. ! Trop tard, trop tard, il faut y aller ! Le rideau tombe sur les rockers. On me pousse vers l'avant-scène. Une batterie de micros dardent sur moi leurs petites têtes de serpent. Les projecteurs m'éblouissent. Allons-y ! Je gueule à pleine gorge :

— J'arrive d'Israël !

J'entends double. D'abord mon filet de voix susurré par ma bouche chétive. Puis une seconde plus tard, ces mêmes mots catapultés en écho par la toiture et les parois de la halle. Le public, estomaqué par cette attaque, paraît figé.

— Hier j'étais à Beersheva, à Saint-Jean-d'Acre, à Sodome. J'ai parcouru par 40 degrés les plages de la Mer Morte. Toute sa partie méridionale se couvre de plaques de sel. Dans peu de temps, ces plaques se rejoindront, formant comme une banquise de chlorure de sodium, sous laquelle continuera à cuire une soupe chimique de plus en plus épaisse. La Mer Morte se meurt. A Jérusalem, en inaugurant la Foire du Livre, j'ai découvert deux romans de moi en hébreu, *Le Roi des Aulnes* et *Vendredi*. Réduits de moitié, non par suite d'une quelconque censure, mais parce que l'hébreu élimine les voyelles. Je fus présenté à l'actuel ministre de l'Intérieur, le rabbin Yossef Burg. Né à Dresde au début du siècle, il parle l'allemand comme vous, et mieux que moi. Il a eu comme professeurs les philosophes Traugott Oesterreich, Eduard Spranger, Romano Guardini, et l'orientaliste Enno Littmann. Moi aussi, vingt ans plus tard. Je lui ai dit que j'allais à Nuremberg. Il m'a dit : « saluez de ma part les jeunes Allemands ». Voilà qui est fait. (Applaudissements.) J'ai parlé aux étudiants de Haïfa et de Tel-Aviv. Une nuit à Jérusalem, nous cherchions un restaurant. Dans une ruelle la vitrine encore illuminée d'un café nous

attira. En entrant, ce fut le choc : Berlin 1930. Un
décor kitsch, mais nullement artificiel, poussiéreux au
contraire, usé, criant de vérité. Des affiches du style
« Opéra de quat'sous » et « L'Ange bleu ». Je fus saisi
par cette étrange nostalgie, celle qui nous fait pleurer
un temps que nous n'avons pas connu. Je pensais à ces
trois villes : Berlin-Prague-Vienne dont la ligne nord-
sud formait comme l'épine dorsale de l'Europe, et qui
dépêchait dans le reste du monde des génies universels : Max Reinhard, Einstein, Kafka, Freud, Zweig et
bien d'autres. Certes les Juifs n'avaient besoin ni des
U.S.A. ni d'Israël, ils étaient chez eux en cette Europe
Centrale germanophone ! Le nazisme a détruit cette
source vive de création et de culture.

Alors je vous y invite, jeunes Allemands de Nuremberg réunis ce soir ici pour fêter quarante ans de paix,
allez voir vos pères spirituels outre-Méditerranée. Je
vous fixe un rendez-vous : l'an prochain à Jérusalem !

J'ai disparu dans la trappe de l'escalier. Le rideau
s'est relevé sur le Panik-orchester d'Eric Burdon
illuminé par des flashes multicolores.

Corps

Vieillir. Deux pommes sur une planche pour l'hiver. L'une se boursoufle et pourrit. L'autre se dessèche et se ratatine. Choisis si possible cette seconde sorte de vieillesse, dure et légère.

LE CRÉPUSCULE DES MASQUES

Je me suis longtemps demandé si l'arroi de la féminité était imposé aux femmes par les hommes, ou adopté par les femmes parce que tel était leur plaisir et leur instinct. Par « arroi », j'entends le parfum, le maquillage, la coiffure, la toilette, et jusqu'aux chaussures à hauts talons, paroxysme d'inconfort et de laideur. Question à la réflexion oiseuse, car il n'y a rien de tel pour imposer quelque chose à quelqu'un que de lui en inculquer le goût. D'autre part il est clair que si les femmes sont peut-être plus « préfabriquées » par la société que les hommes, personne en vérité n'échappe à cette mystérieuse pression du groupe qui fournit en « prêt-à-porter » nos sentiments, nos idées et jusqu'à notre aspect extérieur. La femme a son « modèle » qui est la vedette de cinéma ou de music-hall, l'héroïne nationale, voire la militante politique. Mais pour l'homme, les stéréotypes ne manquent pas non plus, et il suffit de citer l'homme d'affaires, l'officier de carrière, le séducteur, le prêtre, l'homosexuel ou le hippie pour imaginer aussitôt une galerie de portraits parfaitement reconnus, repérés, et à la limite de la caricature.

Je relis maintenant ces premières lignes, et la tentation me vient de les corriger en mettant tous leurs verbes au passé. Il me semble en effet que ce que je viens d'écrire était vrai il y a quinze ans, et plus vrai encore il y en a cinquante, mais cesse de l'être de jour en jour. L'uniforme ne fait plus recette. Les prêtres s'habillent comme tout le monde, et, dans le genre « stars », Marilyn Monroe et Brigitte Bardot ne semblent pas avoir de descendance. Les sexes se différencient extérieurement de moins en moins. Dans les petites classes des lycées où je vais parler aux élèves, je me demande souvent si j'ai affaire à un garçon ou à une fille : de la coupe de cheveux au blue-jean, rien ne permet de trancher. Après avoir fait rire aux éclats par quelque bévue, je sais maintenant me tenir à carreau, et ne plus risquer à la légère un « monsieur » ou une « mademoiselle » qui risquent d'être intempestifs.

Est-ce donc la fin des stéréotypes ? Va-t-on permettre à chacun d'être lui-même sans masque, panoplie et autre uniforme ? Là aussi, il faut être prudent, car s'il est possible qu'on assiste à un crépuscule des masques, rien n'empêche des « figures nouvelles » de mûrir dans l'ombre pour s'imposer tout à coup, en s'incarnant dans une personnalité éclatante. Du moins cette métamorphose aurait l'avantage de dénoncer le caractère artificiel et temporaire des stéréotypes. La pire des illusions, c'est sans doute de les prendre pour des vérités éternelles, voulues par la nature et inscrites dans le ciel platonicien.

Que les « canons » de la beauté soient affaire de

mode, il suffit pour s'en convaincre de jeter un regard
en arrière. En 1882, Frédéric Nietzsche rencontre
pour la première fois Lou Andreas-Salomé, jeune fille
d'origine russe qui devait devenir ensuite l'Égérie de
Rilke et de Freud. Ce superbe triplet a fait dire à un
contemporain : « Chaque fois qu'un grand intellectuel
tombe amoureux d'elle, neuf mois plus tard il
accouche d'un chef-d'œuvre... » Nous possédons de
Lou des portraits au moment de sa rencontre avec
Nietzsche, et nous sommes fascinés par la pureté de ce
jeune visage, dur et tendu, comme sculpté au rasoir,
avec ses pommettes saillantes, son vaste front bombé
et ses cheveux tirés en arrière. Or qu'écrit Nietzsche à
sa sœur ? Il lui apprend qu'il vient de faire la connaissance d'une jeune fille dont l'intelligence brillante fait
oublier un physique ingrat. Rien d'étonnant à cela si
on évoque les « mondaines » d'il y a un siècle,
d'Hortense Schneider à Blanche d'Antigny, dont les
grâces douillettes et dodues affolaient le désir des
hommes.

Oui, il y aurait une histoire de la beauté féminine à
écrire, et elle nous apporterait bien des surprises. En
France, par exemple, on a assisté au cinéma à la
succession de quatre vedettes à travers lesquelles il est
facile de discerner un certain « type » qui se cherche,
s'épanouit et décline dans une sorte d'apothéose :
Simone Simon, Cécile Aubry, Brigitte Bardot et
Jeanne Moreau. On part du pékinois et de sa
mignonne petite gueule renfrognée, pour s'acheminer
vers le sphinx, puis vers l'amertume d'une intelligence
revenue de tout, qui s'inscrit dans la bouche aux
commissures tombantes de Jeanne Moreau. Un trait

commun à ce type : son extrême difficulté à bien
vieillir. Car il y a sous cet angle trois possibilités : ne
jamais vieillir (Pauline Carton, Danielle Darrieux,
Michèle Morgan), bien vieillir (Gabrielle Dorziat,
Simone Signoret, Françoise Christophe)… ou mal
vieillir.

Il y a la beauté, il y a la grâce, il y a le charme. Mais
parlons donc d'une autre valeur esthétique fort intéressante : la force. Pendant des siècles, des millénaires
peut-être, force et virilité ont été pour ainsi dire
synonymes. C'est à ce point que dans l'imagination
populaire, le poids et le poil constituaient des attributs
obligés de la force. L'homme fort avait le type
préhistorique, et additionnait l'obésité, la poitrine
frisée et la barbe drue. On ne saurait attacher trop
d'importance à la révolution apportée dans ce domaine
par E. R. Burroughs avec son personnage de Tarzan.
Car Tarzan incarne indiscutablement la force. Mais
une force d'un type entièrement nouveau : glabre et
agile. C'est le héros juvénile au menton lisse et au
ventre plat. En vérité, cette histoire de barbe est une
clef. Car notez-le bien : non seulement Tarzan est
impensable avec une barbe, mais il ne saurait non plus
se raser tous les matins. En vérité nous ne sommes pas
allés assez loin en parlant de héros *juvénile*. C'est
enfantin qu'il fallait dire. Tarzan n'a pas de barbe et
n'aura jamais de barbe, parce qu'il est définitivement
impubère. C'est un enfant de dix ans monté en graine
et en force. C'est pourquoi les associations puritaines
américaines eurent bien raison de s'indigner quand un
cinéaste imbécile crut devoir lui infliger une femme, et
lui faire esquisser des gestes gauchement érotiques.

Mais si une force surhumaine n'implique plus la virilité et peut s'incarner dans un enfant de dix ans, pourquoi n'irait-elle pas tout aussi bien se loger dans le corps d'une femme ? La convention qui associe virilité et force entraîne dans sa chute celle qui lie féminité et faiblesse. Après tout, sur les hippodromes, les juments sont aussi puissantes et courent aussi vite que les chevaux mâles. La question pouvait paraître théorique jusqu'à ces deux dernières années. Mais voici venir à nous de deux points opposés de l'horizon — la Californie et l'Allemagne de l'Est — une nouvelle Ève. Pas un pouce de graisse, un monument de muscles souples et pulpeux qui roulent sous une peau soyeuse. Les seins eux-mêmes ne sont plus que la tendre doublure des pectoraux, et gênent à coup sûr moins les mouvements de la machine musculaire que le sexe encombrant de l'homme. La réussite est éclatante, et, notez-le bien, elle reste strictement dans les limites de la féminité : pas trace de caractères « hommasses » chez ces femmes rayonnantes d'une beauté absolument féminine. Il y a là un équilibre tranquille, paradoxal, provocant, avec en plus un friselis de drôlerie. C'est que la nouvelle Ève fait voler en éclats à la fois le stéréotype de la femme fragile et douillette, et celui du mâle protecteur et chatouilleux sur le chapitre de son honneur viril. C'est tout un pan de notre « civilisation » qui s'écroule. Destruction ? Oui, mais liberté nouvelle, création, humour et beauté. Saluons la nouvelle Ève de l'AN 2000 !

VERUSCHKA

C'est l'avatar de l'Éternel féminin le plus fou et le plus cruel que l'Occident ait jamais produit. Son corps immense et décharné se couronne d'une petite tête parfaitement belle, au crâne rasé, au regard noyé de tristesse. Il y a en elle du mannequin de cire et de la reine Cléopâtre tout juste sortie de ses bandelettes. On l'a vue entièrement nue et peinturlurée des pieds à l'occiput. Nouée en liane verte autour d'un tronc. Sur une grève, le photographe a pris en gros plan un tapis de galets ronds : l'un d'eux est la tête de Veruschka qui semble dormir, les yeux baissés...

Ce n'est pas un hasard si cette créature fantastique est issue directement des circonstances historiques les plus dramatiques.

20 juillet 1944. A douze heures quarante-deux, une bombe explose dans la salle de conférence de la « Brèche-au-Loup », à Rastenburg (Prusse-Orientale), où Hitler examine avec son état-major la carte du front. Le Führer n'est que légèrement blessé. S'il avait été tué, tout était prêt pour qu'un groupe d'officiers antinazis prennent le pouvoir et demandent la paix.

La répression est féroce. Le nombre des arrestations dépasse sept mille, celui des exécutions approche cinq mille, dont trois maréchaux : Witzleben, Kluge et Rommel.

Sans avoir été l'une des vedettes du complot, le comte Heinrich von Lehndorff est l'un des représentants les plus exemplaires de l'aristocratie est-prussienne, viscéralement antinazie, et qui frappa le IIIe Reich à sa tête dès que les circonstances s'y prêtèrent.

Il était né traditionnellement homme de cheval — son oncle avait dirigé les célèbres haras impériaux de Trakehnen — et gentilhomme terrien, héritier des quelque six mille hectares du domaine de Steinort, sur le grand lac Mauer. Le domaine appartenait aux Lehndorff depuis 1400. La vaste et somptueuse demeure baroque fut élevée en 1689 par une comtesse Marie-Éléonore qui consigna scrupuleusement les détails de l'entreprise, de telle sorte qu'on connaît encore le prix de chaque serrure, le métrage des tapisseries, le nom du stucateur qui modela les plafonds. Les allées du parc plantées de chênes plusieurs fois centenaires descendaient vers les roseaux du lac où veillaient les cygnes noirs et d'où montait en automne l'appel des macreuses et des pluviers. Un petit pavillon romantique et délabré portait encore l'inscription d'un mystérieux madrigal en vers français :

> *Si j'eusse été le jour de ta naissance*
> *Chargé de te donner un nom*
> *Et que de l'avenir la connaissance*
> *M'eût été conférée par le dieu Apollon*

De peindre au vif ton âme et ton regard,
Ton nom sans hésiter aurait été Bayard.

On ne saurait être géographiquement et moralement plus éloigné des brasseries de Munich, pleines de fumée et de vociférations, où fermenta le mouvement nazi. Mais l'ironie du sort est inépuisable. Elle voulut que Steinort se trouve à une vingtaine de kilomètres de Rastenburg où Hitler s'installa dès juin 1941. Aussitôt Ribbentrop, alors ministre des Affaires étrangères, réquisitionna la moitié du château pour y résider avec sa suite, de telle sorte que la famille Lehndorff se trouva malgré elle au cœur du système nerveux nazi, environnée de hauts dignitaires et d'agents de la Gestapo.

Prévenu la veille de l'attentat, Heinrich von Lehndorff quitta Steinort, revêtit en route son uniforme et se rendit à Königsberg dont il devait assurer le gouvernement militaire au nom des insurgés. C'est là qu'il apprit l'échec de l'attentat au terme d'une journée de mortelle attente. Désespéré, il revint en voiture à proximité de Steinort où il rentra en civil et à cheval, comme s'il revenait d'une inspection de routine. Mais il était dépourvu d'illusions. Que faire ? Rester, c'était l'arrestation certaine. Fuir, c'était laisser sa femme et ses trois petites filles à la merci des S.S. Il décida de rester. Pourtant, lorsque le lendemain il vit s'arrêter devant le perron du château une voiture de la Gestapo, l'instinct fut le plus fort. Il s'enfonça comme une ombre dans ces forêts qu'il pratiquait depuis son enfance et où les chiens perdirent sa trace. Quelques heures plus tard, le sens de ses responsabilités a repris le dessus, et il téléphone d'un rendez-vous de chasse pour qu'on vienne l'arrêter.

Il est incarcéré à Königsberg, puis transféré à Berlin. Mais la volonté de vivre l'emporte encore une fois. Au cours d'un déplacement, il réussit l'exploit de sauter de la voiture cellulaire et de disparaître à nouveau. Il marche quatre jours et quatre nuits dans les forêts du Mecklembourg, les pieds en sang, parce que les lacets de ses souliers lui ont été confisqués. Épuisé, il finit par demander asile à un garde forestier... qui le livre à la police.

Sa femme, Gottliebe von Lehndorff, a été arrêtée et séparée de ses trois filles, Marie-Éléonore, Véra et Gabrielle, âgées de sept, cinq et trois ans. Pendant cinq mois, elle ignorera tout de leur sort. Quelques jours plus tard, elle met au monde un quatrième enfant. En fait, tous les enfants des conjurés ont été enlevés et groupés sous des faux noms dans un village de Thuringe.

Du fond de sa geôle de condamné à mort, Heinrich von Lehndorff put faire parvenir une dernière lettre à Gottliebe. Il lui demande pardon d'avoir mis en péril sa vie et celle des petites filles par ses deux évasions. Il avoue qu'il a eu la faiblesse de s'ouvrir les poignets pour tenter d'échapper à une mort atroce. Il bénit la petite Katharina qu'il ne verra jamais. Le 4 septembre 1944, il est avec d'autres suspendu à l'aide d'une corde à piano à des crochets de boucherie sous l'œil d'une caméra qui filme l'interminable agonie des suppliciés pour l'agrément des soirées du Führer. Il avait trente-cinq ans.

Il faut imaginer ensuite l'apocalypse qui balaya à partir de janvier 1945 toute la Prusse-Orientale, pre-mière province allemande envahie par l'Armée rouge,

la fuite hagarde de toute une population au plus noir
de l'hiver, les villes rasées, la terre brûlée, sans que
cessent de pleuvoir les ordres et les condamnations du
dictateur fou de fanatisme.

L'épilogue de cette histoire est à son image. Au
commencement il y avait eu le paradis de l'admirable
Steinort. Puis étaient venus le purgatoire de la guerre,
l'enfer du 20 juillet 1944, et cet autre enfer que fut
l'effondrement de toute l'Allemagne. Et de tous ces
décombres, on vit alors surgir, grandir, grandir encore
cette fille stupéfiante, l'ancienne petite Véra qui avait
cinq ans et un visage d'ange lorsque son père avait été
pendu, et qui devenait peu à peu Veruschka dont les
plus grands magazines du monde se disputent le corps
de liane géante, le visage énigmatique d'androgyne
chauve, l'érotisme savamment sophistiqué...

Sans doute fallait-il toute cette splendeur perdue, ce
courage, cette générosité, ces ruines, ce sang, ces
larmes pour que s'épanouisse enfin cette fleur tropi-
cale et vénéneuse que Baudelaire aurait passionnément
aimée.

MAINS

On appelait jadis *quadrumanes* certains mammifères doués de quatre mains qu'on préfère désigner aujourd'hui sous le nom de *primates,* et que le bon peuple, lui, a toujours appelés des *singes.* Étrange paradoxe qui veut que l'homme de son côté soit appelé non un *bimane,* mais un *bipède.* Comme si le privilège de l'homme, c'était d'avoir non seulement deux mains, mais surtout deux pieds, ce qui le situe à mi-chemin du chien *quadrupède* et du singe *quadrumane.*

Ainsi donc si l'homme doit une bonne part de son humanité à ses deux mains, ce serait pour lui tomber au niveau du singe, si un caprice de la nature le dotait de deux autres mains à la place de ses pieds. Des mains donc… mais point trop n'en faut ! En vérité, ce qui fait l'homme, c'est la station debout. Comme les membres supérieurs de l'homme sont très brefs, en comparaison de ses membres inférieurs, ses mains se trouvent surélevées, sublimées, projetées dans l'espace. Le pied apporte à la main un précieux contrepoids, une sorte d'alibi qui la dispense — et même lui interdit — de participer à la marche. Toute la dignité humaine se lit dans cet édifice qui superpose un tronc doué de bras courts et de mains à des jambes fines, droites, rapides, terminées par des pieds.

C'est pourquoi il n'est pas d'art qui célèbre la main plus noblement que la danse. On parle volontiers des pieds des danseurs et des danseuses. Ils renvoient toujours dans chacune de leurs positions et figures aux mains, ces petites images d'eux-mêmes, ailées et aériennes.

La démonstration inverse s'administre par la rup-. ture de la solidarité de la main et du corps. C'est l'image de la main coupée, vision d'horreur, et pis encore : la main coupée demeurée vivante, et qui court sur ses doigts. On a reconnu l'araignée dont la malédiction est d'être assimilée à une petite main sèche, amputée, mais douée d'une vélocité de cauchemar.

Main et corps. Pour elle, active, déliée, curieuse, exploratrice, sensuelle, titilleuse, tantôt caressante, tantôt cruelle, le corps est un objet privilégié, son territoire de prédilection, son souffre-douleur, son jouit-plaisir, son jouet.

Masturber = *manus turbare*. Troubler avec la main. On disait aussi jadis : se manier.

Mais il n'y a pas que le sexe. On pourrait longuement décrire la relation particulière qu'entretient la main avec chacune des autres parties du corps.

Pied : le tireur d'épine (bronze célèbre du musée du Vatican).

Yeux : se frotter, se boucher, se protéger les yeux. La main peut figurer une visière ; les deux mains une lorgnette, une longue-vue. Elles fournissent aux yeux ce qu'ils ont à examiner de près, tiennent le livre ou le journal à la bonne distance. Ramassent un caillou pour l'offrir au regard, etc.

Cheveux : la main avec ses doigts joue à être un peigne. Elle sert aussi d'oreiller quand le corps est couché sur la dure.

Jeux de mains : les services que la droite rend à la gauche et réciproquement.

La main, comédienne à tout faire. Le membre-frégoli du corps.

Le cerveau peut bien regarder de haut la main, modeste exécutante de ses décisions. Il n'empêche que la diversité des cinq doigts présente un petit mystère qui le dépasse. En effet, si l'on compare la main aux instruments et outils artificiels de préhension et de manutention — pinces, râteaux, grappins, fourches et fourchettes — on constate que les éléments de ces derniers sont toujours parfaitement semblables entre eux, tandis que les doigts de la main possèdent chacun une personnalité qui reste énigmatique. L'esprit s'interroge et balbutie en face de cette diversité bizarre. Sa perplexité se traduit dans les justifications fantaisistes que suggèrent les noms mêmes attribués à chacun des doigts. Car s'il peut importer d'avoir un doigt qui pointe, qui désigne, qui dénonce — l'index —, il semble moins évident que l'auriculaire soit prévu pour se gratter le fond de l'oreille, et l'annulaire pour porter l'anneau conjugal. Quant à ce grand dadais de majeur, personne ne peut dire au juste pourquoi il dépasse en taille les autres doigts. Il n'y a que le pouce dont la faculté de s'opposer aux autres doigts semble si fondamentale et si nouvelle dans l'évolution des espèces, qu'on a voulu y voir la caractéristique même de l'être humain. Et dans une hyperbole admirable, Paul Valéry jette un pont entre cette opposabilité du pouce humain et la faculté — la conscience — que possède l'esprit humain de se penser lui-même.

MAÎTRE CERVEAU

Les anatomistes de la Renaissance ont sans doute été les premiers à le remarquer : l'homme nerveux ressemble à un arbre retourné. Le cerveau constitue sa racine en bulbe, la moelle épinière son tronc d'où partent quantité de branches qui éclatent elles-mêmes en une infinité de rameaux et de fibres. Cette position du cerveau à l'extrémité d'un arbre de nerfs est sans doute à l'origine de la fable parodique dont Paul Valéry n'a écrit que les deux premiers vers :

Maître Cerveau sur son homme perché
Tenait dans ses plis son mystère.

Le mystère des plis du cerveau ! A mesure que la neurologie avance dans la connaissance des douze milliards de cellules qui forment la substance grise, on voit s'épaissir ce mystère et progresser la conscience de notre ignorance, comme une lanterne descendue au bout d'une corde dans un gouffre n'en révèle que l'insondable profondeur. Le cerveau humain apparaît aujourd'hui comme un continent où presque tout est encore vierge, ses mers et ses îles, sa flore et sa faune, sa climatologie et son ethnographie. L'homme passe l'homme, disait Pascal. Notre propre cerveau nous dépasse, et on imagine aisément le discours effrayé et respectueux qu'un homme pourrait tenir à ce petit dieu gris et blanc enfermé dans le sanctuaire de sa propre tête :

Ô mon cerveau ! Je t'implore comme une divinité puissante mais capricieuse. Je t'interroge comme on fait tourner une table. Cerveau, es-tu là ? Poète, j'ai besoin d'une rime en mé (ou en ra, ou en fi), donne-la-moi ! Romancier, je te supplie de me fournir la chute d'une nouvelle dont je tiens déjà les trois quarts, mais sans bonne chute, point de bonne nouvelle. Critique d'art, il me faut la formule qui définira l'esthétique de tel peintre. Je te montre ses toiles une à une, je te dis Cherche ! cherche ! *comme au chien policier auquel on fait flairer la chemise de la petite fille disparue. Je te connais. Je fais confiance à tes inépuisables ressources. La commande que je te passe, je sais que tu peux la satisfaire, mais livre plutôt demain que dans deux ans !*

Car le temps est l'une des dimensions essentielles de cette machine vertigineuse aux milliards de rouages enchevêtrés qui est aussi mémoire. Les réflexes instantanés, les réponses immédiates ne sont pas son affaire, mais bien plutôt celle de la moelle épinière, ce sous-cerveau, simplifié à l'extrême, animal. Oui, le cerveau est mémoire, et donc temps. Il a besoin de temps pour se faire, et le temps le ronge. Le cerveau vieillit et meurt, ce qui est un scandale insupportable pour autant qu'il s'identifie à la pensée elle-même. Le cerveau, c'est l'esprit fait chair, et personne ne peut douter qu'un jour ou l'autre sa propre boîte crânienne ne contiendra plus qu'un grouillement d'asticots. Victor Hugo prétend avoir vu un valet jeter à l'égout le cerveau de Talleyrand — dont on venait d'embaumer le corps —, ce cerveau qui avait conduit deux révolutions, trompé vingt rois et fait trembler l'Europe pendant trente ans.

Cette mortalité du cerveau, les spiritualistes s'en émeuvent. On ne donnerait pas une idée fausse de la philosophie de Bergson en disant qu'elle consiste dans un effort désespéré pour sauver l'immortalité de l'esprit en limitant autant que possible le rôle du cerveau dans la pensée. Le cerveau ? Un simple organe de mime qui souligne les articulations motrices de la pensée, comme un chef d'orchestre indique par sa gesticulation les grandes lignes d'une symphonie. Voire ! En vérité chaque nouveau progrès de la neurologie fait reculer le domaine propre de l'âme et de son immortalité désincarnée.

Il faudra bien à la fin que les croyants se résignent à admettre le dogme de la résurrection de la chair. La vieille théologie nous fait un devoir d'y croire. A l'appel des trompettes du Jugement dernier, nous dit-elle, un corps nous sera rendu pourvu des quatre attributs glorieux qui sont l'impassibilité, la subtilité, l'agilité et l'éclat.

Mais ne sont-ce pas là justement les qualités propres du cerveau ?

MON ŒUF ET MOI

On entend souvent dire que la carte de la terre ne comprend plus aucune zone blanche, que notre planète se trouve désormais totalement explorée, fouillée, recensée, et que c'est bien triste parce que la découverte et l'aventure sont devenues impossibles. J'écoute ce genre de discours d'une oreille distraite, car de l'autre oreille j'entends mille rumeurs venues de mon jardin et de mon village, si peu connus l'un et l'autre, si mal explorés, fouillés, recensés l'un et l'autre qu'une vie n'y suffirait pas. Et puis j'ai sous mon bonnet un gros œuf gris et blanc qui constitue à lui seul un continent, mieux une planète, mieux un système solaire dont l'exploration à peine entreprise nous invite au voyage le plus formidable, le plus vertigineux.

Ce voyage, la neurologie nous y invite, mais en même temps, elle le sème d'écueils. Par exemple, le vieillissement. J'ai inauguré mes premières lunettes il y a peu de temps. Or voici qu'on m'annonce des nouvelles concernant mon cerveau tout à fait alarmantes. Ses cellules, me dit-on, ne se renouvellent pas, et elles meurent à raison de dix mille par jour. Et cela depuis ma naissance. Bref mon œuf gris et blanc fond sur ma tête, comme neige au soleil. Einstein disait : « Pour marcher au pas, point n'est besoin de cerveau, la moelle épinière suffit. » Est-ce à dire que bientôt je ne marcherai plus qu'au pas ?

Alors là, je me rebiffe. Marcher au pas ? Je l'ai assez fait dans mon enfance. Comme beaucoup de jeunes, j'adorais les clans, les embrigadements, les mots d'ordre. Et puis, *en vieillissant*, j'ai commencé à secouer tout cela. J'ai balancé par-dessus bord les familles et les idéologies. J'ai cessé d'avoir peur de la solitude, de l'indépendance, des risques impliqués nécessairement par l'invention. Et à quarante ans, je me suis mis à écrire des livres, des livres que j'aurais été bien incapable de seulement imaginer quand j'avais vingt ans. Alors je dis : le cerveau tout neuf du bébé, oui. Mais l'apprentissage, l'expérience, la recherche tâtonnante, patiente, étendue sur toute une vie, cela compte aussi. Il y a d'abord le donné, et avec cela, on construit, on se construit.

LES CHEVEUX

Qui ne voit que les cheveux doivent être regardés de dos ? De face, le visage requiert toute la place, toute l'attention. Il refoule les cheveux en haut, à gauche, à droite, un simple cadre en somme, dont la raison d'être est de le mettre en valeur, lui, le visage.

De dos, la chevelure s'étale sans partage. C'est d'ailleurs l'un des pièges de la coquetterie : soigner ses cheveux, c'est se préoccuper de l'aspect que l'on a de dos.

Il y a là de l'abnégation. D'autant plus qu'une chevelure remarquable — vaste toison moutonnante, tombant en vagues floues sur les épaules, ou dures petites nattes tordues comme autant d'aspics — exige une patience hors du commun de la part de l'enfant qui la porte. Saint-John Perse :

> *Quand vous aurez fini de me coiffer*
> *J'aurai fini de vous haïr.*

C'est la tyrannie la plus dure qu'impose la présence d'autrui. Je me lave et je m'habille pour moi. Je me coiffe pour toi.

A l'inverse, le crâne rasé du moine, du soldat, du prisonnier manifeste une rupture des relations naturelles et sociales avec autrui au profit d'un ordre disciplinaire inhumain.

CÉLÉBRATION DES FESSES

On ne fera jamais assez l'éloge des fesses. On frémit en pensant qu'un caprice de la création aurait pu priver l'homme et la femme de cette double rondeur où vient se réfugier tout ce qu'il y a en eux de plus tendre, passif, aveuglément confiant, et voué aux coups et aux obscurs dévouements. Car la fesse, hélas, redoute la fessée, comme elle se veut pudiquement voilée. On ne la dénude le plus souvent que pour lui faire subir des sévices, alors qu'elle appelle de toute sa douceur les baisers les plus sonores. On lui prête des penchants masochistes — en souvenir sans doute d'une page célèbre de Jean-Jacques Rousseau — alors qu'elle n'est que soif de tendresse.

Et notez encore ceci : l'extraordinaire faveur dont jouit le cheval auprès de l'homme — sa « plus noble conquête » — sa réputation de beauté, de sensibilité, ne croyez pas que ce soit à son rôle historique dans nos guerres et nos travaux qu'il la doive.

Non, c'est simplement que le cheval — à l'opposé

du chien, du bœuf, du chameau et même de l'éléphant
— est le seul animal qui possède des fesses, privilège
qui suffit à lui conférer une incomparable humanité.

TUTUS

La fleur est le sexe de la plante, et c'est ce qui fait son charme, mais c'est un charme secret, inconscient. Qui donc, respirant une fleur, la passant à sa boutonnière ou l'offrant à une jeune fille, a présent à l'esprit cette fonction cynique et inconvenante ? La plante exhibe ses organes génitaux comme ce qu'elle a de plus brillant et de plus parfumé, et de même qu'il y a des pudibonds et des nudistes, les végétaux sont cryptogames ou phanérogames.

Nul doute, que le tutu, par sa corolle foisonnante et raidie, ne contribue à l'assimilation de la ballerine et de la rose : la femme-fleur.

Mais ici, à l'opposé de la fleur, la présence du sexe ne peut être oubliée. La provocation est par trop évidente : le tutu célèbre la fesse, qu'il fait mine hypocritement de masquer, mais qu'il exalte en vérité par le bouillonnement érigé de ses volants. Il est l'explosion blanche et vaporeuse, la pulvérisation immaculée de ce qu'il y a dans le corps de la danseuse de plus charnu et de plus massif.

ÉLOGE
DE LA CHAIR DOLENTE

Longtemps le nu artistique et la vie sont demeurés inséparables. La sculpture grecque exaltait le corps de l'athlète dans la gloire de l'effort ou le triomphe du repos. Irréprochable du point de vue anatomique, elle reposait tout entière sur l'observation du corps vivant. Praxitèle ne connaissait que vivants en pleine action ou dans le recueillement qui précède l'effort. Pour des raisons de religion ou de mœurs, il n'avait jamais ouvert un cadavre. Il faut attendre la Renaissance — et singulièrement le Flamand André Vésale — pour que soit transgressé l'interdit qui frappait la dissection humaine. Dès lors tous les artistes vont se ruer dans les cimetières, sous les gibets, dans les chambres de torture. Les carnets de Léonard de Vinci regorgent de planches anatomiques, et un siècle plus tard Rembrandt couronne cet étrange courant avec sa célèbre *Leçon d'anatomie*.

La soif de connaître n'explique pas à elle seule cette sorte de nécrophilie. Il y a là aussi une manière de bravade à l'encontre de la mort dont on a dit pourtant qu'elle ne pouvait, pas plus que le soleil, se regarder en face. Et enfin un goût morbide pour la souffrance qui n'a cessé d'alimenter l'art chrétien des calvaires et des descentes de croix.

Le corps humain blessé, soigné, tué et mis en linceul, grand thème qui remue en chacun de nous des vertiges métaphysiques et des ivresses sadomasochistes. Il s'agit d'une dialectique assez perverse qui alterne cruauté et caresse, mise à mort et glorification. Le pansement prend la relève du drapé classique, plus intime, plus équivoque, puisqu'il habille non la nudité, mais la plaie. Paul Valéry disait : « La vérité est nue, mais sous le nu, il y a l'écorché », entendant par là qu'une réalité plus profonde attend et récompense l'art qui sait être implacable.

SEXE

Ce qu'il y a de rude avec le sexe, c'est que sa satisfaction ne le rassasie pas, mais l'excite au contraire, de telle sorte que plus on baise, plus on a envie de baiser. Comparer la soif naturelle qui s'évanouit avec l'absorption de la quantité d'eau nécessaire à l'organisme, et la soif morbide de l'alcoolique qui se creuse d'elle-même sous l'effet de sa propre satisfaction. Mais y a-t-il un désir sexuel « normal » qui s'apaise pour longtemps une fois satisfait ? Je ne le crois pas. Il y a trop de cerveau là-dedans.

Enfants

Le bébé des voisins n'a que
quelques semaines. Il
pleure sans arrêt, jour et
nuit. Au plus noir des ténèbres, cette petite plainte
grêle me touche et me ras-
sure. C'est la protestation
du néant auquel on vient
d'infliger l'existence.

LE TROISIÈME A

Il avait été question ce matin-là de quelques amis célèbres, Achille et Patrocle, Oreste et Pylade, Montaigne et La Boétie. Mais comme l'amitié fait par trop figure de modeste second loin derrière l'amour dans notre mythologie sentimentale, le maître s'employait à tracer un parallèle où elle avait la part belle.

— Voyez-vous, mes enfants, expliquait-il, la grande différence entre l'amour et l'amitié, c'est qu'il ne peut y avoir d'amitié sans réciprocité. Vous ne pouvez pas avoir d'amitié pour quelqu'un qui n'a pas d'amitié pour vous. Ou elle est partagée, ou elle n'est pas. En somme, il ne peut pas y avoir d'amitié malheureuse. Tandis que l'amour, hélas !

Il y eut un silence dans lequel s'engouffra toute la passion amoureuse grandie, nourrie, exaspérée par l'indifférence de l'être aimé. Et le maître évoqua le fameux carrousel de la tragédie racinienne où A aime B qui aime C qui aime D qui aime A, de telle sorte que tout le monde se court après en pleurant. « Ne dites jamais *Aime-moi !* cela ne servirait à rien, avertissait Paul Valéry. Toutefois Dieu le dit... »

Mais cette première médaille accordée à l'amitié devait être redoublée.

— Il y a une autre différence entre l'amour et l'amitié, reprit le maître. C'est qu'il ne peut pas y avoir d'amitié sans estime. Si votre ami commet un acte que vous jugez vil, ce n'est plus votre ami. L'amitié est tuée par le mépris. Tandis que l'amour, hélas !

Nouveau silence dans lequel passa toute la rage amoureuse indifférente à la bêtise, à la lâcheté, à la bassesse de l'être aimé. Indifférente ? Nourrie même parfois par toute cette abjection, comme avide, gourmande des pires défauts de la personne aimée ! Car l'amour peut aussi être coprophage.

Le maître en était là de ses réflexions, et il considérait avec perplexité tous les jeunes visages tournés vers lui, se demandant ce qu'ils pouvaient avoir connu à un âge si tendre des eaux claires et fraîches de l'amitié, brûlantes et troubles de l'amour... quand un doigt se leva au fond de la classe.

— Bien, monsieur, mais... et l'admiration ?

L'admiration ? Que vient faire ici l'admiration ? Un parallèle est un parallèle, que diable ! Il ne convient pas d'en troubler le jeu par des incidences incongrues !

— Oui, eh bien, l'admiration ? Pourquoi citez-vous l'admiration ?

L'enfant, décontenancé, hésite un instant.

— C'est que ça commence aussi par un A, monsieur.

Toute la classe éclate de rire. Le maître tape sur la table. Va-t-il punir le trublion ? Mais il réfléchit, se ravise. L'admiration ? N'est-ce pas justement la réponse à la question qu'il se posait à l'instant, lorsqu'il se demandait quelle place pouvaient avoir l'amour et l'amitié dans ces jeunes cœurs ? Il sait que s'il soulevait les couvercles de tous les pupitres de la classe, il découvrirait, collée contre leur face inté-rieure, toute une imagerie extraite des magazines et des journaux, un olympe juvénile peuplé de vedettes de cinéma, de chanteuses, de champions de boxe ou de cyclisme. Il connaît, pour l'avoir examinée plus d'une fois, cette hagiographie puérile. Il sait notamment qu'elle change de sexe sous le coup de la puberté de son auteur, que la fillette de treize ans délaisse les vedettes féminines qu'elle adorait jusque-là pour se tourner vers les héros masculins, au moment où les garçons abandonnent Tarzan et James Bond pour adorer Sheila et Marie-Paule.

Mais il n'ignore pas non plus les poisons qu'il mettrait au jour sous ces couvercles, comme on découvre un nid de serpents en basculant une pierre, têtes patibulaires, photos de gangsters, portraits de voyous que notre société auréole stupidement du prestige de la peine de mort [1]. Car l'admiration, plus encore que l'amour, peut être une passion dangereuse.

L'admiration est comme une nébuleuse originelle d'où sortent plus tard, par vieillissement et refroidisse-ment, et l'amour et l'amitié. Passion juvénile, primaire, immature, elle peut être lumineuse, enrichissante, salvatrice, mais aussi corruptrice, meurtrière, dévasta-trice. Les tyrans le savent. Chez certains adultes d'une inaltérable jeunesse — ou faut-il dire d'une incorri-gible immaturité ? —, elle l'emporte sur tout autre

---

1. Écrit avant son abolition.

sentiment, devançant et noyant à l'avance l'amour et l'amitié dans le même élan vers la vie.

« Étonne-moi ! » disait à Cocteau Serge de Diaghilev. Par cette injonction, il le suppliait d'être si novateur, créateur, génial, qu'il restât toujours à ses yeux en état de transfiguration, et donc adorable, admirable...

TOUCHER

Mon premier amour s'est meurtri aux barreaux d'une cage. J'avais six ans. J'aimais de passion souffrante la panthère noire du Jardin des Plantes. J'ai supplié en vain. Personne n'a voulu ligoter le splendide animal afin que je puisse le caresser et même me coucher entre ses pattes, le nez dans son poil d'ébène. Plus tard je me suis souvenu de cette déception en lisant *Le Livre de la jungle* de Rudyard Kipling. Mowgli se mussant tout nu dans la fourrure de Bagheera a fait gémir en moi une vieille nostalgie.

Ne touche pas ! L'odieuse injonction qui retentit cent fois par jour aux oreilles de l'enfant fait de lui un aveugle, un chien sans flair, errant tristement dans un monde où tout est enfermé dans des vitrines. Les compensations qu'on lui offre sont rares et maigres. Le bébé peut encore pétrir à pleines mains le sein qu'il tète. Plus tard, perché sur le bras de papa, il ne se fait pas faute d'enfoncer ses petits doigts dans sa bouche. Mais ensuite, il ne lui reste que la pâte à modeler, le pâté de sable, dans les meilleurs moments au bord de la mer la vase liquide où le pied nu patauge et qui rejaillit en amusants tortillons entre ses orteils.

Notre société hygiénique et puritaine se montre de moins en moins favorable à la connaissance et aux satisfactions tactiles. Toucher avec ses yeux. L'absurde conseil qui brisait nos élans enfantins est devenu un impératif universel, tyrannique. Les lieux de contact érotiques sont interdits ou infestés de surveillance. En même temps se développe une inflation galopante d'images. Le magazine, le film, la télévision gavent l'œil et réduisent le reste de l'homme à néant. L'homme d'aujourd'hui se promène muselé et manchot dans un palais de mirages.

Parfois, tout de même, un pavé vole dans une vitrine et un jeune corps se rue sur les fruits défendus...

LES FOLLES AMOURS

Longtemps les naturalistes se sont interrogés sur le mode de fécondation des batraciens. Ils voyaient bien la grenouille mâle chevaucher la femelle et s'agripper durement de ses petites mains à son ventre, la pénétration du sperme demeurait énigmatique. Il fallut attendre la fin du XVIIIe siècle et un prêtre italien, Lazzaro Spallanzani, pour que le mystère se trouvât éclairci. Il convenait d'abord de mettre hors de cause les mains du mâle que l'on voyait masser vigoureusement l'abdomen de la femelle, au point qu'on en arrivait à se demander si le sperme ne sourdait pas au bout de chaque doigt. Spallanzani confectionna des gants minuscules à l'intention de ses bestioles. Les grenouilles mâles dûment gantées devenant papa aussi bien que celles qui travaillaient à mains nues, il fallait chercher ailleurs. Le mérite de Spallanzani fut de démontrer que le mâle accouchait bien la femelle par le mouvement mécanique de ses bras, mais qu'il inondait de semence les œufs au moment de leur expulsion. En somme, cette fécondation se situe très harmonieusement à mi-chemin entre l'injection du sperme *in utero* pratiquée par les mammifères et l'ensemencement exécuté par certains poissons qui recouvrent de laitance les œufs abandonnés par la femelle au fond de l'eau.

Dans l'ordre des divers modes de reproduction, la nature manifeste une inventivité véritablement confondante. Pour rester chez les poissons, l'épinoche construit un nid très comparable à celui des oiseaux en assemblant des fragments d'algues à l'aide d'un fil visqueux qu'elle tire de son orifice urinaire.

D'autres — de la famille des osphronémidés — font des nids d'écume, entièrement composés de bulles d'air, technique d'une rare élégance.

La femelle du cératias — poisson des grandes profondeurs — porte soudés à ses flancs deux ou trois mâles cent fois plus petits qu'elle. Le parasitisme de ces mini-maris est total : fixés au corps de la femelle par leur orifice buccal, ils entretiennent une communication directe entre les deux systèmes circulatoires, faisant en quelque sorte sang commun. Rapidement leur tube digestif, leurs dents, leurs branchies et leur cœur s'atrophient et disparaissent. Le seul organe qui subsiste est un énorme testicule, leur unique raison d'être.

Les animaux hermaphrodites — conçus pour se reproduire seuls — n'en rêvent pas moins d'amours partagées et se donnent parfois beaucoup de mal — comme les oursins — pour réaliser des accouplements que la nature, visiblement, n'a pas prévus. Plus subtils encore, les escargots — eux aussi hermaphrodites — jouent les mâles pendant la première partie de leur vie pour adopter sur le tard le rôle moins fatigant de femelles.

On a longtemps cru que c'était par gloutonnerie que la mante religieuse dévorait son mâle au cours de l'accouplement. On a récemment découvert qu'il n'en était rien. La vérité, c'est que le cerveau du mâle exerce une action inhibitrice sur l'éjaculation du sperme. Si elle veut être fécondée, la femelle n'a donc pour ressource que de broyer entre ses dents la boîte crânienne du malheureux inhibé qui éjacule alors en toute liberté. Un traitement à coup sûr radical de l'impuissance sexuelle.

En regard de tant d'exubérance inventive, les mammifères font figure de tristes benêts. Qu'un éléphant manifeste du goût pour les rhinocéros, et sa photo fera aussitôt l'admiration de tous. Ne parlons même pas des humains murés dans leurs étroits rituels nuptiaux. En dehors de la pilule et de l'avortement, toute fantaisie érotique est à leurs yeux abominable perversion. Comme l'écrivait un écolier : « Les lapins sont d'excellents pères de famille. Ils s'arrachent des poils du ventre pour confectionner un nid à leurs petits. Bien peu d'hommes en feraient autant. »

LES FIANCÉS
DE LA PLAGE

C'était à Villers-sur-Mer, mais Plozévet, Mimizan ou Le Lavandou auraient aussi bien fait l'affaire. Je m'étais posé, curieux et solitaire, à proximité d'un de ces groupes tribaux qui rassemblent sur le sable grands-parents, parents, enfants, cousins, amis et amis des amis. Je songeais que les plages estivales sont la dernière chance de la famille au sens large du mot, au sens de maison, maisonnée, alors que partout ailleurs la famille est réduite à sa plus simple expression : papa-maman-enfant. L'automobile — et ses dimensions — y est certainement pour quelque chose, et il faudrait dans une sociologie moderne comparer la famille-plage et la famille-auto, comme Marcel Mauss, dans un essai célèbre, distinguait chez les Eskimos la vie communautaire de l'hiver et la dispersion en groupes réduits de l'été.

Le fait est que c'est en vacances — sur les plages singulièrement — que la plupart des futurs couples se forment. Des jeunes gens et des jeunes filles habitant la même ville — voire le même quartier — se croisent, se côtoient onze mois sans se remarquer. Sans doute n'ont-ils par la « tête à ça ». Pour qu'ils « se regardent », comme on dit aux champs, il leur faut la plage, qui apparaît dès lors comme un vaste champ de foire aux fiancés.

Cependant que je me faisais ces réflexions, à quelques mètres de moi le palabre allait bon train. Au centre du groupe, la maman, plus toute jeune, un peu corpulente déjà, serrait en silence sur ses genoux le plus jeune, six ans peut-être. Mais autour d'eux les adolescents parlaient avec animation d'un concours de beauté avec élection d'une « miss » locale organisé le soir même au casino. On lance des prénoms de demoiselles ayant des chances de vaincre. Les filles se défient, intimidées et envieuses, affichant un détachement apparent pour ce genre de manifestation.

Soudain, un ange passe, et on entend la voix du petit garçon :

— Mais toi, maman, pourquoi tu ne te présentes pas au concours de beauté ?

Stupeur d'un instant. Puis hurlements de rire des adolescents. Ce gosse, quel idiot ! Non mais, tu vois ça, maman au concours de beauté !

Mais, au milieu de tout ce bruit, il y en a deux qui ne disent rien. Le petit garçon qui ouvre de grands yeux et qui regarde passionnément sa mère. Il ne comprend rien, mais vraiment rien du tout à ce déchaînement de gaieté grossière. Il a beau écarquiller les yeux, ce qu'il voit indiscutablement, c'est la plus belle des femmes.

Et la maman, plus toute jeune, un peu corpulente déjà, qui regarde son petit garçon. Non, qui *se* regarde avec émerveillement dans les yeux de son petit garçon.

Les fiancés de la plage...

L'AQUARIUM

A-t-on jamais examiné d'assez près cette étrange maladie de l'âme qui s'appelle l'ennui ? Il est bien remarquable qu'elle s'attaque avec prédilection aux êtres jeunes. C'est pourquoi le romantisme, qui se voulait éternelle adolescence, en fit son signe de ralliement.

Si mes souvenirs ne me trompent pas, je me suis mortellement ennuyé dans mes enfances, puis de moins en moins à mesure que je grandissais, et plus du tout à partir de dix-huit ans.

Il y a certes le bâillement, mais plus encore une certaine façon d'appuyer son front contre la vitre de la fenêtre et de s'abîmer dans la contemplation morose d'une rue déserte où divaguent des créatures fades et indésirables. Il y a une certaine matité des bruits provenant de l'épaisseur de l'immeuble, une lumière glauque d'aquarium tombant sur toutes choses d'un ciel uniformément voilé, et finalement une clameur silencieuse qui brame le désespoir d'exister. Il y a… cent autres façons de vivre son ennui, de s'ennuyer.

Je me souviens d'un fait divers. Des adolescents

avaient, un dimanche après-midi, séquestré un vieillard. Après l'avoir longuement torturé, ils étaient en train de le pendre quand la police est intervenue de justesse. On les interrogea. Ils haussèrent les épaules. L'un d'eux expliqua : « On ne savait pas quoi faire. » Bernanos définissait l'ennui : « Un désespoir avorté, la fermentation d'un christianisme décomposé. »

Si l'enfant est la proie favorite de ce vide morne, de cette angoisse fade, de ce néant couleur de poussière, c'est sans doute par manque d'enracinement dans le cours des choses, par excès de disponibilité. Il est de son âge d'attendre la survenue de quelque chose ou de quelqu'un d'extraordinaire qui va tout renouveler, tout bouleverser, fût-ce une catastrophe planétaire. Un départ en voyage ou, mieux, un déménagement suffisent à le plonger dans l'ivresse. En 1938, 39, 40, j'avais treize, quatorze, quinze ans. Je me souviens de la ferveur avec laquelle je priais pour qu'une guerre éclatât et jetât cul par-dessus tête la société de cloportes où j'agonisais. Je fus exaucé au-delà de mes vœux...

Pourquoi l'adulte se trouve-t-il généralement à l'abri de ce vertige insipide et dangereux ? Sans doute parce que sa vie quotidienne est pleine d'appels, de réquisitions, d'urgences qui sont autant de passerelles jetées sur les abîmes qui séparent les heures les unes des autres. Et aussi parce que les mailles de son temps sont plus lâches, moins resserrées que celles du temps de l'enfant. Le rythme vital de l'enfant bat dix fois, cent fois plus vite que celui de l'adulte, et il lui faudrait une matière vécue dix fois, cent fois plus riche pour le remplir.

UN JOUR, UNE FEMME

Un jour, j'aurai une femme.

Et ma femme ayant un an, je suivrai, les bras tendus, ses premiers pas lourdauds et mal assurés de château branlant, et je la guiderai pour lui apprendre à approcher sans crainte les fleurs, les bêtes et les hommes. Nous plongerons dans les vagues et je lui apprendrai la mer. Petit phoque rieur et frétillant, elle cherchera refuge dans mes bras comme dans une crique, elle escaladera mon dos comme une île.

Plus tard, ma femme se penchera sur les livres. Et je guérirai heure par heure cette étrange cécité qui l'empêche de voir les choses et les événements à travers les lettres et les mots. Je lui conférerai ce pouvoir magique qui fait surgir d'un tas de papier encré un parc, un manoir, une belle et une bête, des aventures horribles et superbes, des rires et des larmes. Puis je conduirai sa main sur le papier pour lui apprendre à dessiner des pleins et des déliés qui sont comme les muscles et les os des lettres.

Et chaque nuit ma femme dormira au creux de mon corps, parce qu'il y a des heures obscures où la chair n'endure pas la solitude sans risquer de mourir de chagrin.

Ainsi ma femme sera venue à moi et se sera installée dans ma vie, vivant de ma vie, comme un poisson dans son aquarium, comme une tulipe dans son pot. Et comme ma vie est riche et fertile, ma femme ne cessera de croître en beauté, en esprit et en sagesse. Et ma vie continuera, s'émerveillant de ce fruit qu'elle portera en elle.

Au commencement ma main jeune et musculeuse guidait son épaule tendre et dodue. A la fin ma main sèche et tavelée s'appuiera sur son épaule ferme et ronde.

Images

Autoportrait : sur son lit d'agonie, Géricault, de sa main droite, dessinait sa main gauche.

LE BAROQUE

Sa caractéristique la plus simple est la ligne courbe dont il use et abuse, cependant que l'art classique s'en tient à la ligne droite. Or notons bien ceci : la ligne courbe est celle du corps vivant, et singulièrement du corps humain. La droite et la courbe furent donc pendant des millénaires ce qui distingua l'architecte et le sculpteur, qu'ils fussent égyptiens, grecs ou modernes. Le sculpteur épousait les courbes du corps, l'architecte construisait avec les droites de la raison. Or donc avec l'architecture baroque, voici la courbe qui envahit l'édifice. L'architecte vole son bien au sculpteur. L'architecte se met à « sculpter » des palais, des églises. Le charme un peu fou des édifices baroques, c'est leur aspect vivant, biologique, presque physiologique. Certains autels souabes ressemblent à des ventres ouverts avec leurs enroulements roses, leurs coulées vertes, leurs rondeurs mauves. Il y a là des muqueuses et des muscles, des viscères et des veines, et tout cela respire, vibre et rêve. Et il y a aussi du bonheur, une joie allègre, une danse vitale. Les statues des saints ont l'air emportées par une gaieté irrésistible, soulevées par une jubilation trépidante.

LE ROUGE ET LE BLANC

Ils font équipe sur la piste du cirque, mais ils sont bien différents. Le clown blanc, habillé de soie, poudré à frimas, un sourcil relevé très haut sur son front comme un point d'interrogation, chaussé de fins escarpins vernis, les mollets cambrés dans des bas arachnéens, a toute l'élégance hautaine d'un seigneur. La trogne poivrote et le nez en pomme de terre du clown rouge, sa large bouche, ses yeux ahuris, sa démarche embarrassée par ses énormes croquenots, tout trahit chez lui le niais, le rustaud, la tête de Turc sur laquelle vont pleuvoir les coups et les lazzis.

Car ces deux clowns incarnent deux esthétiques tout opposées du rire. Le blanc cultive l'insolence, le persiflage, l'ironie, le propos à double sens. C'est un maître du second degré. Il fait rire des autres, d'un autre de préférence, le clown rouge, l'auguste. Mais lui garde ses distances, il reste intact, hors d'atteinte, le rire qu'il déchaîne ne l'éclabousse pas, c'est une douche destinée au rouge, qui est là pour encaisser. Ce rouge s'offre à tous les coups en poussant son discours, son accoutrement et sa mimique au comble du grotesque. Il n'a pas le droit d'être beau, spirituel, ni même pitoyable, cela nuirait à la sorte de rire qu'il a pour fonction de soulever. Rien n'est trop distingué pour le blanc : plumes et duvets, dentelles et taffetas, strass et paillettes. Rien n'est assez burlesque pour le rouge : perruque tournante, crâne de carton sonore, plastron géant et manchettes de celluloïd.

Aussi bien ces deux personnages symbolisent-ils deux attitudes opposées devant la vie, et tous, tant que nous sommes, nous décidons à chaque moment d'être blanc ou d'être rouge face aux situations de l'existence. Nous pouvons nous frapper la poitrine — soit pour nous accuser, soit par défi orgueilleux —, attirer sur nous les regards et les cris, nous désigner à l'admiration ou à la vindicte des foules. C'est le parti pris rouge d'un Rousseau ou d'un Napoléon, de tous les gens de théâtre et de tous les tyrans. Au contraire, le parti pris blanc d'un Voltaire ou d'un Talleyrand fait les témoins sarcastiques de leur temps, les diplomates, les calculateurs, tous ceux qui veulent observer et manœuvrer sans s'exposer, gagner sans mettre en jeu leur liberté, leurs biens ni leur personne.

LA VIE PLANE

L'opticien reposa son ophtalmoscope et dit en guettant avec une curiosité évidente l'effet de ses paroles sur moi :

— Eh bien voilà ! C'est très simple, vous êtes borgne.

— Borgne, moi ? Mais j'ai deux yeux, et je vois des deux yeux !

— Sans doute vous voyez des deux yeux, mais jamais des deux yeux *en même temps*. Vous êtes myope de l'œil droit, hypermétrope du gauche. Et ces faiblesses sont telles que vos yeux se relaient exactement. Supposez un objet placé à vingt centimètres de votre visage.

Il prit sur la table un petit cadre sur lequel étaient inscrites des lettres.

— Vous le voyez parfaitement. De votre œil droit seulement. L'objet est beaucoup trop près pour votre œil gauche qui, pendant ce temps, se repose. J'éloigne l'objet. Le voilà à cinquante centimètres. Votre œil droit commence à peiner. Mais votre œil gauche — l'hypermétrope — se réveille. Encore dix centimètres, c'est fait. L'œil droit abandonne et passe le témoin à son voisin, qui le relaie si fidèlement que vous ne vous êtes aperçu de rien.

— Admirable ! Comme je suis perfectionné ! Comme mes yeux sont intelligents ! C'est vrai, puisqu'on a deux yeux, pourquoi ne pas les spécialiser et diviser leur travail ?

— Ne triomphez pas trop, dit l'opticien. Tout va bien, en effet, à condition que vous n'attachiez aucun prix à la perception du relief.

— Parce que je ne perçois pas le relief ?

— Évidemment non. Pour percevoir le relief, il faut voir en même temps des deux yeux. C'est le léger décalage des deux images — semblables mais pas identiques — qui donne l'impression du relief.

— Je vis donc dans un monde à deux dimensions seulement ?

— Oui, vous voyez le monde à plat. Il y a pour vous de la droite et de la gauche, du haut et du bas, mais de profondeur, point. C'est la vision du borgne.

— Étonnante révélation ! Alors que faire ?

— Je vais vous fabriquer des lunettes grâce auxquelles vous verrez des deux yeux à la fois, promit l'opticien.

Trois jours plus tard, je ressortais de son magasin avec au visage cet objet qui devait imposer une saine coopération à mes yeux. Je dus tout de suite m'effacer pour laisser entrer une dame. Une dame ? Un nez, devrais-je dire, un nez avec une dame derrière. Car de ma vie je n'avais vu un nez pareil. Immense, interminable, pointu, dardé vers moi comme un bec de cigogne.

Puis ce fut la rue. La rue ? La ruée bien plutôt, l'enfer. Un hérissement de crocs, une levée de sabres, un déploiement de lances, une charge de taureaux furieux. Les voitures se précipitaient sur moi comme une meute enragée, les passants bondissaient dans ma direction pour m'éviter de justesse au dernier moment. Les objets me sautaient au visage comme des cobras. J'étais le point de mire d'une haine généralisée, universelle, partout manifeste.

Enfin j'accomplis le geste sauveur. Les lunettes repliées disparurent dans ma poche. Ô douceur, ô printemps ! Les passants et les voitures glissaient sans relief, comme des ombres sur une toile. Les immeubles se dessinaient sur un même plan en un inoffensif décor. Les femmes, redevenues tendres et avenantes, évoluaient comme sur la page d'un magazine de mode. Je découvris ainsi le secret de quatre gestes humains universels et antithétiques. D'abord la main plate tendue pour une poignée de main amicale qui s'oppose au poing serré en boule, prêt à frapper ou pour le moins à maudire. Mais surtout le sourire qui est de tous les gestes le plus plat, celui qui s'accommode le mieux de deux dimensions : la bouche se fend en largeur, les yeux se plissent. C'est l'épanouissement de la vie plate. L'enfant le sait bien qui tire la langue, au contraire, pour retrouver la troisième dimension dans une grimace qui est l'opposé du sourire.

Francis Bacon et Raoul Dufy. Les lunettes m'avaient plongé dans l'univers exorbitant, agressif, tire-bouchonnant de Bacon. En les retirant, j'avais retrouvé les gracieux ramages, les motifs chantants, les oiseaux sans épaisseur d'une toile de Dufy.

L'IMAGE ABÎMÉE

Abîme. Du grec *abussos*, dont on a tiré aussi *abysse*. Textuellement : qui n'a pas de fond. On commet donc un contresens en parlant du « fond de l'abîme », et un pléonasme en évoquant un « abîme sans fond ».

Mais il y a des cas où seule manque une partie du fond, comme si un trou s'était formé quelque part, un trou sans fond justement. C'est le cas dans une image à l'intérieur de laquelle se trouve reproduite cette même image. Il s'agit littéralement d'une image en partie *abîmée*. Tout le monde se souvient de la Vache-qui-rit dessinée par Benjamin Rabier pour une marque de fromage. Cette vache porte en pendants d'oreilles deux boîtes de fromage de cette marque sur lesquelles est naturellement reproduite la même vache avec ses pendants d'oreilles, etc. Cette image de marque offre ainsi à l'œil une surface saine et solide, à l'exception de deux petites fondrières — les pendants d'oreilles — où le regard s'enfonce, perd pied, se trouve pris au piège d'un processus infini qui n'est freiné que par le rétrécissement que subit l'image à chaque étape.

Ce rétrécissement est d'une importance majeure, car

lui seul met un terme à la fuite vertigineuse dans laquelle nous précipite l'image abîmée. Il est opérant même dans le cas de l'abîme le plus élémentaire et le plus formel, celui instauré par deux miroirs placés exactement face à face et reflétant chacun le vide de l'autre porté à une puissance incalculable. En somme, il apporte un minimum de matière dans une construction qui sans lui resterait purement formelle.

Le formel pur est stérile et sans intérêt. Telles sont les mathématiques, jongleries de symboles abstraits. La valeur de la forme commence lorsqu'un peu de matière la leste et la gauchit. Dans sa forme primaire, l'image abîmée ne nous apprend rien. Mais si une vieille femme est figurée tenant à la main, bien en vue, une photo d'elle-même à vingt ans, alors un abîme s'ouvre sous l'œil de l'observateur. Abîme d'un genre particulier, impur certes, mais d'autant plus efficace : *abîme de temps*, car le demi-siècle qui sépare ces deux visages saute aux yeux, lourdement aggravé par la sereine mélancolie de la vieillarde qui nous prend à témoin du ravage des ans.

MIROIR

Au restaurant avec Daniel W. Il s'assoit sur la banquette et se relève aussitôt comme électrisé en me demandant de changer de place avec moi. C'est, m'explique-t-il ensuite, qu'assis à cette place on se voit dans la glace du mur opposé, circonstance qu'il juge absolument intolérable. Puis il s'acharne à me convaincre que la vue d'un personnage nommé Daniel W. l'exaspère, non pas du tout parce que ce personnage, c'est lui-même, mais en raison de telle et telle qualité physique ou physico-morale — expression, type, allure, etc. — qu'il exècre particulièrement. « J'aurais un autre physique, je serais physiquement l'un quelconque des clients ou des garçons de ce restaurant, je me supporterais sûrement, je m'aimerais peut-être. Mais, puisque nous sommes sur un sujet aussi pénible, avez-vous remarqué combien ma bouche est ignoble ? Avec sa lèvre supérieure à peine dessinée et sa lèvre inférieure épaisse comme un boudin, c'est l'instrument caractéristique du mensonge, de la plaisanterie basse et même des services inavouables d'alcôve ou de vespasienne. Et mes yeux ?

Avez-vous noté ceci qui est atterrant : les yeux sont faits pour voir et non pour être vus. Cependant certains yeux se signalent à l'attention par quelque qualité frappante, ils peuvent être pétillants, vastement ouverts sur le monde, perçants, rêveurs, etc. Les miens pourraient passer pour brillants, mais ce serait inexact. En vérité ils ne sont pas brillants, ils sont *luisants*. Il y a quelque chose d'huileux dans leur éclat, une lueur louche, comme la fenêtre d'un taudis ou d'un lupanar ! »

Je prends le parti de sourire de cette sortie furibonde, mais je la crois sincère. Seulement ne s'agit-il pas d'une passion narcissique qui aurait tourné à la haine parce que déçue, trahie ? Mais trahie par qui ? Quoi qu'il en soit, Daniel W. tire de sa haine une considération qui dépasse son cas particulier.

— Ils me font rire, me dit-il, ceux qui croient à l'immortalité de l'âme ! Vous voyez d'ici nos ignorances, nos travers, cet absurde faisceau de goûts et de dégoûts que nous appelons notre personnalité, et même, pourquoi pas — le dogme de la résurrection de la chair l'exige —, nos nez rouges, nos calvities, nos yeux trop rapprochés, vous voyez d'ici toutes ces misères promues à l'éternité ? Quelle dérision ! Quel désespoir ! Non, vraiment, quand on se regarde sans complaisance, il faut en convenir : le néant est la sagesse même.

DIAPHRAGME

L'appareil de photo doit beaucoup de sa séduction au diaphragme à iris qui ajoute au trou rond de l'objectif un organe délicat, subtil et d'une vivante ingéniosité. C'est une corolle de lames métalliques qu'on peut éloigner ou rapprocher de son centre, augmentant ou diminuant ainsi l'ouverture utile de l'objectif. Il y a de la rose dans ce dispositif, une rose qu'on peut à volonté fermer ou épanouir. Il y a aussi là du sphincter et, en le voyant se serrer ou se relâcher derrière la lentille de l'objectif, on pense vaguement paupière, lèvre, anus.

Ce n'est pas tout. A cette troublante anatomie, le diaphragme ajoute une physiologie d'une très vaste et magique portée. Car tous les photographes savent qu'en fermant le diaphragme on diminue l'entrée de la lumière dans la chambre noire, mais qu'on augmente en revanche la profondeur de champ. Inversement, en augmentant son diamètre, on perd en profondeur ce qu'on gagne en clarté.

Rien de plus universel en vérité que ce dilemme qui oppose profondeur et clarté, et oblige à sacrifier l'une pour posséder l'autre. On appartient à l'un ou l'autre de deux types d'esprits opposés selon que l'on choisit la clarté superficielle ou la profondeur obscure. « Le défaut majeur des Français, disait mon maître Éric Weil, c'est la fausse clarté ; celui des Allemands, c'est la fausse profondeur. »

C'est naturellement dans le portrait que l'option devient la plus urgente. En diaphragmant plus ou moins, on donne plus ou moins d'importance aux plans éloignés qui se trouvent derrière le sujet, et tout ce qui est accordé d'attention à ces arrière-plans est refusé au sujet portraituré. Si la Joconde avait été photographiée par Léonard de Vinci, il aurait à coup sûr fermé son diaphragme au maximum — un trou d'aiguille — puisque, derrière ce visage au sourire célèbre, on distingue parfaitement un lointain paysage avec ses rocailles, ses arbres et ses lacs. Encore faut-il que ce « fond » — qu'il soit rural ou urbain, intime ou architectural — ait une existence propre et ne se réduise pas à quelques attributs attachés symboliquement à une figure humaine centrale, comme par exemple les arbres du Paradis flanquant le couple Adam et Ève, ou le château dont la silhouette crénelée se découpe derrière le portrait d'un seigneur. Il faut au contraire qu'il ait une présence autonome assez forte pour concurrencer celle du ou des personnages, menacés à la limite d'être « avalés » par le paysage où ils ne joueront plus que le rôle modeste d'éléments humains à côté de la faune et de la flore.

Dès lors, la présence ou l'absence d'un décor d'arrière-plan prend une signification de vaste portée dont on retrouve l'équivalent en littérature, voire dans les sciences humaines. Car il n'est pas indifférent dans un roman que le héros soit décrit en lui-même, abstraction faite de ses origines ou de son milieu, sur fond indifférencié — à diaphragme ouvert —, ou au contraire à diaphragme fermé, replacé dans un ensemble socio-historique dont il est solidaire et où il puise sa signification. Si l'on parcourt les grands romanciers français du XIXe siècle — Stendhal, Balzac, Flaubert, Hugo, Maupassant, Zola —, on constate que l'ouverture du diaphragme varie de l'un à l'autre et qu'elle a très grossièrement tendance à diminuer. Le personnage présenté par Stendhal sans son milieu ou en contradiction avec ses origines — Julien Sorel — s'y intègre au contraire profondément avec Zola pour n'être plus qu'une des données du milieu social, lequel constitue le véritable sujet de l'étude romanesque. Stendhal : F 4 ; Zola : F 16.

L'AUTOPORTRAIT

Pour déceler l'autoportrait dans les œuvres peintes du Moyen Age, il faut faire preuve de sagacité, car l'artiste se dissimule souvent au milieu de la foule anonyme figurée sur sa toile, ou il prête son propre visage, au contraire, à l'un de ses personnages majeurs, tel Masaccio dont la tradition veut qu'il se soit représenté dans l'un des apôtres de l'église Santa Maria del Carmine à Florence. Il faudra attendre la Renaissance et son individualisme intrépide pour que l'artiste n'hésite plus à se manifester à visage découvert. Raphaël sera l'un des plus illustres à franchir le pas, notamment dans l'*École d'Athènes* où on le voit s'entretenir avec Zoroastre, Ptolémée et Sodoma. Mais c'est Albert Dürer qui, à la même époque, élève l'autoportrait au niveau d'un genre artistique destiné à devenir classique. On possède six autoportraits de Dürer — le plus ancien à l'âge de treize ans —, plus deux *autonus*, chose tout à fait exceptionnelle dans l'histoire de l'art. L'un de ces nus était probablement destiné à une consultation médicale par correspondance. En effet, le personnage montre du doigt un

point de son flanc gauche entouré d'un cercle, et un
texte inscrit en haut du dessin dit, telle une bulle de
bande dessinée : « C'est là que j'ai mal. » On croit
savoir au demeurant que Dürer est mort d'une inflam-
mation de la rate.

Environ un siècle plus tard, Rembrandt devient le
grand champion de l'autoportrait avec soixante
tableaux, vingt-huit gravures et seize dessins. Plus près
de nous, Gustave Courbet et Vincent Van Gogh sont
de ceux qui nous ont laissé les images d'eux-mêmes les
plus nombreuses et les plus impressionnantes.

Diverses et en partie tout opposées sont les motiva-
tions qui peuvent animer l'étrange comportement de
l'artiste dont les yeux vont et viennent du miroir à la
toile. On songe naturellement d'abord à Narcisse et à
l'amour de soi. « Je ris de me voir si beau en ce
miroir ! » semblent chanter Dürer jeune mais aussi
Rubens au sommet de sa réussite, entouré de sa femme
et de sa progéniture, et surtout Courbet, si faraud de
son masque parfaitement régulier encadré par une
barbe d'ébène. A l'inverse, l'autoportrait peut prendre
la forme d'un aveu et d'une accusation de l'artiste face
à la société de son temps : ce jour-là, j'étais si seul, si
abandonné de tous, qu'il ne me restait à peindre qu'un
seul visage humain, le mien. Et de se représenter la
mine hagarde et le regard traqué. Tels sont les
autoportraits de la vieillesse de Rembrandt et tous
ceux de Vincent Van Gogh (en tout trente-cinq).
Misère et splendeur, tels sont les deux pôles entre
lesquels oscille ce genre pictural ambigu. Il faudrait
ajouter parfois : goût du déguisement, du travestisse-
ment, de la mystification, et là Rembrandt et Courbet

rejoignent les artistes du Moyen Age qui s'introdui-
saient eux-mêmes dans leurs compositions en soldats,
en âniers, en Rois mages, en évangélistes.

Mais il faut remonter beaucoup plus loin, pensons-
nous, pour découvrir la clef véritable de l'autoportrait,
plus loin, plus haut, à l'origine de tout. Car lorsque la
Bible nous apprend que Dieu a fait l'homme à son
image, qu'est-ce à dire sinon que l'homme est l'autoportrait de Jéhovah ? L'homme, image de Dieu. De
quel Dieu ? De Dieu modelant sa propre image dans le
limon, c'est-à-dire l'image d'un *créateur en train de
créer*. Nous touchons là à l'essence de l'autoportrait :
c'est le seul portrait qui reflète un créateur au moment
même de l'acte de création. Spinoza distinguait la
nature naturante et la nature naturée *(natura naturans*
et *natura naturata)* : la première active, jaillissante,
divine ; la seconde passive, achevée, matérielle. On
pourrait dire que le portrait relève normalement de la
nature naturée. A son modèle, l'artiste recommande de
se détendre, d'être « naturel », de penser « à autre
chose ». Ce sont des invitations à la pure et sereine
passivité. Il ne saurait se donner à lui-même les mêmes
conseils lorsqu'il s'inscrit dans le flux de la nature
naturante en faisant son propre portrait. Le visage
qu'il peint est nécessairement celui d'un homme
tendu, attentif, en plein effort de création.

L'autoportrait photographique est, à ma connaissance, pratiquement absent des œuvres des grands
photographes. Lacune surprenante si l'on songe que la
photographie a pratiquement supplanté — et presque
supprimé — le portrait peint ou dessiné. Pourquoi
cette timidité du photographe, qui sur ce seul point

n'accepte pas de suivre son frère ennemi le peintre ?
Peut-être parce qu'il y a dans la prise de vue photographique — beaucoup plus que dans le dessin — une
part de prédation, d'agression, d'attaque qui fait peur
quand il s'agit de la tourner contre soi-même. Le
portrait peint se prolonge souvent sur plusieurs
séances de plusieurs heures. L'acte photographique se
concentre dans une fraction de seconde. On conçoit
que le photographe hésite à braquer sur son propre
visage cette bouche noire qui prend et qui garde avec
une rapidité foudroyante. Il n'aime pas se faire à lui-
même ce qu'il fait si bien aux autres…

LE PORTRAIT-NU

Elle m'avait écrit de Poitiers où elle vivait chez ses parents. Dix-neuf ans. Elle voulait faire un mémoire de maîtrise sur le thème de l'Ogre dans la littérature française. J'étais, pensait-elle, orfèvre en la matière. Accepterais-je de lui donner un rendez-vous ?

J'acceptai, je donnai. Bref, un beau matin d'avril, je fus la cueillir à la petite gare de mon village. Elle n'avait pas plus l'apparence ogresse que moi celle d'ogre. Sur une silhouette effacée par des vêtements « unisexe », un beau visage, aigu, presque coupant, sommaire, trop grave... j'allais écrire pour son âge, tant est forte l'habitude qui nous fait associer la jeunesse et l'insouciance, les vingt ans et la gourmandise en face de la vie. Comme si c'était facile et gai d'avoir vingt ans ! Les joues rondes et l'œil papillonnant, cela lui viendrait peut-être avec l'installation dans la vie, avec les certitudes rassurantes, les entours confortables. En attendant l'ogre ventru et repu, on est jeune loup dentu et griffu.

Elle prit connaissance de la maison, atelier d'écriture, forteresse de livres, grenier à images. Plus encore qu'à la table où s'étalent les lambeaux matriciels[1] du prochain roman, elle s'intéressa au laboratoire de tirage et de développement, et aux appareils de photo qui vont de l'antique chambre anglaise 4 × 5 Inch MPP au dernier cri de Minolta. Puis elle se pencha longuement sur les épreuves — portraits, paysages, nus — qui en sont sorties.

— Et si je vous photographiais ?

— Mais oui, pourquoi pas ?

— Je prépare les appareils et l'éclairage.

— Je vais me préparer moi-même dans la chambre à côté.

Décidément, oui, j'aimais ce visage si simple, composé de quelques méplats, ce regard ardent dont le mystère entièrement extraverti s'épuisait dans une attente de ce qui peut arriver — événements, choses, gens. Je déroulai le fond de papier blanc qui supprime toute espèce de « décor » et isole le sujet comme dans un champ de neige. Je branchai les deux spots de mille watts. Je choisis l'objectif Elmarit de 90 mm, incomparable pour les portraits.

— Vous êtes prêt ?

— Parfaitement.

Elle s'avança bravement sur la plage éblouissante de lumière qui s'offrait à ses pieds. Y avait-il eu malentendu ? Elle était nue comme Ève au Paradis. En disant « photo », j'avais pensé « portrait ». Elle avait compris « nu ». Mais il y avait une autre surprise : ce corps n'était pas — tant s'en faut — celui qu'annonçait son

---

1. « *Matrice* (synonyme : utérus) : viscère où a lieu la conception », dit le dictionnaire. A noter que la même définition conviendrait au cerveau, cet autre viscère où a lieu une autre conception.

visage : un corps plein de douceurs et de rondeurs, avenant, presque douillet, aussi féminin que possible. Ce n'était pas la première fois que je rencontrais cette contradiction entre les deux « étages » de l'être humain. J'avais découvert déjà des corps splendides de souplesse et de fraîcheur surmontés par un masque ravagé de vieillard, des têtes fines et sèches comme porcelaine fichées sur des outres boursouflées par la cellulite, un corps majestueux de matrone respirant la fécondité affublé d'un visage pointu de fillette farceuse et évaporée.

On comprend l'embarras du photographe quand on sait quel périlleux équilibre constitue dans une photo de nu l'harmonie nécessaire entre le visage — petite idole de l'âme — et le corps — incarnation solidaire de la terre —, quand on a vu les images d'une chair admirable détruites par la présence d'une bouche, d'un nez, de deux yeux qui ne s'accordent pas avec elle.

Que faire ? Instinctivement, je me cramponnais à mon projet de portrait. J'avais dit photo mais pensé portrait. Je n'acceptais pas d'en démordre. Je fis donc de mon Eve une série de portraits...

Je les ai à cette heure sous les yeux et je crois sincèrement avoir découvert grâce à eux quelque chose. Il y avait donc le portrait et la photo de nu. Je venais d'inventer le *portrait-nu*. Vous voulez faire le portrait-nu d'une femme, d'un homme, d'un enfant ? Faites déshabiller entièrement votre modèle. Puis prenez vos photos en cadrant le visage et lui seul. J'affirme que sur ces portraits la nudité invisible du modèle se lira comme à livre ouvert. Comment ? Pourquoi ? C'est à coup sûr un mystère.

Il s'agit d'une sorte de rayonnement venu d'en bas, d'une émanation corporelle agissant comme une sorte de filtre, comme si la chair dénudée faisait monter vers le visage une buée de chaleur et de couleur. On songe à ces horizons embrasés par la présence encore invisible du soleil sur le point de se lever. Cette réverbération charnelle est toujours enrichissante pour le portrait, même quand elle comporte une note de honte et de tristesse. Car on peut avoir la nudité mélancolique, comme certains ont le vin triste. Mais la dominante du portrait-nu, c'est plutôt une nuance particulière où il y a du courage, de la générosité, un air de fête aussi, car la nudité ainsi portée est à la fois gratuite et exceptionnelle, comme des étrennes. A l'inverse, sur le portrait ordinaire — visage nu, corps habillé —, on lit l'exil du visage, seul vivant au sommet d'un mannequin de vêtements, l'angoisse de sa solitude, coupé du corps par la cravate et le col de la chemise. On dirait que ce grand animal chaud, fragile et familier — notre corps — que nous enfermons le jour dans une prison de vêtements, la nuit dans un cocon de draps, enfin lâché dans l'air et la lumière, nous entoure d'une présence joyeuse et naïve qui se reflète jusque dans nos yeux.

C'est ce reflet que le portrait-nu saisit et isole dans le visage qu'il illumine.

L'IMAGE ÉROTIQUE

Qu'est-ce que l'érotisme ? C'est la sexualité même, considérée comme un absolu, c'est-à-dire dans son refus de servir la perpétuation de l'espèce. C'est l'exercice de la sexualité envisagée comme fin en soi, comme luxe pur. De même la gastronomie coupe la nourriture de sa fonction alimentaire, l'érige en valeur absolue et fait de la cuisine un art désintéressé. Le gastronome et l'homme qui a faim ne peuvent que se tourner le dos. Lorsque la morale victorienne condamne tout acte sexuel qui n'est pas accompli dans les conditions et dans le but de la procréation, c'est tout simplement à l'érotisme qu'elle s'en prend. Quand Napoléon, ayant répudié la stérile Joséphine pour prendre en mariage Marie-Louise, disait : « J'épouse un ventre », il retirait à l'avance tout sens érotique aux relations qu'il aurait avec sa future femme. A l'inverse, la pilule et l'avortement, dont la fonction est d'enlever son sens procréateur à l'acte sexuel, sont des auxiliaires de l'érotisme. L'homosexualité, originellement coupée de la procréation, est plus innocemment érotique que l'hétérosexualité astreinte à ces subterfuges dangereux et criminels.

La procréation se limite strictement dans le temps et dans l'espace. A la rigueur, un père de famille de trois enfants ne devrait pas avoir fait l'amour plus de trois fois dans sa vie, et encore, à supposer qu'il n'ait pas eu de jumeaux ! Or un homme a en moyenne entre cinq mille et dix mille éjaculations dans sa vie, et il est avec le cochon le seul animal qui fasse l'amour en toute saison. Ces simples chiffres mesurent l'imposture de la morale victorienne et l'irrépressible vocation érotique de l'homme.

La force expansive de l'érotisme gagne tous les domaines. On pourrait parler d'un panérotisme, d'un impérialisme de l'érotisme. Toutes les voies et toutes les voix lui sont bonnes. Il profite même des obstacles que dressent contre lui la haine morbide et la peur du sexe qui tiennent lieu de morale à la société. Don Juan n'est rien d'autre que la personnification mythologique de l'érotisme défiant la société, le mariage et la religion, et s'affirmant avec un courage et une gaieté héroïques contre l'ordre castrateur. Il est vrai que l'érotisme de Don Juan prisonnier d'une société formidablement verrouillée — l'Espagne du XVIᵉ siècle — ne peut s'exprimer que par le parjure, le blasphème et l'assassinat. On retrouve dans ce cas particulier la terrible et sanglante dialectique qui oppose, comme deux frères ennemis également criminels, le terrorisme et le contre-terrorisme.

Parmi les voies d'expansion de l'érotisme conquérant, la photographie occupe une place privilégiée. Déjà l'image peinte, sculptée, puis imprimée charriait avec elle une charge érotique intense, comme le vent de printemps des tonnes invisibles de pollen. Avec la photographie, la distance entre le modèle et le spectateur diminue considérablement. La valeur créatrice de cette image-là diminue également, mais son efficacité érotique y gagne. Posséder la photographie de l'être désiré, c'est une grande satisfaction, mais faire soi-même cette photographie, « prendre » en photo (comme on « brûle en effigie ») le corps désiré, c'est encore mieux.

L'un des premiers à avoir découvert les ressources érotiques de la photographie fut le surnommé Lewis Carroll, alias révérend Charles Lutwidge Dodgson (1832-1898), professeur de mathématiques à l'université d'Oxford. Il publia son célèbre conte *Alice au pays des merveilles* (1865) entre un traité de géométrie euclidienne et un recueil de formules de trigonométrie plane. Ce mélange paradoxal de froide intelligence et d'imagination délirante définit le personnage. Son jardin secret, sa passion brûlante close sur elle-même, c'était la petite fille impubère (âge idéal : dix ans). Il disait, dans une formule qui résume assez bien son genre d'humour : « J'adore les enfants à l'exception des petits garçons. » A un ami qui lui demandait si ces éternelles bambines dont il s'entourait ne l'excédaient pas quelquefois, il répondit : « Elles sont les trois quarts de ma vie », mentant pudiquement sur ce quatrième quart qui leur appartenait bien entendu aussi. Toujours soucieux de nouvelles conquêtes, il se déplaçait rarement sans une mallette de jouets et de poupées destinés à affriander la petite fille de ses rêves au cas où il l'aurait rencontrée dans l'omnibus ou dans un jardin public. Il tenait salon au milieu d'une cour de petites amies dont les parents étaient absolument exclus. Thés, papotages, jeux, histoires fantastiques, jouets magnifiques, boîtes à musique faisaient passer le temps très vite. Mais il y avait aussi régulièrement une séance de photographie — rendue fastidieuse et fatigante par le matériel de l'époque — qui constituait en quelque sorte la prestation attendue par le grand ami de son harem miniature. Lui-même, d'une main tremblante de joie, déshabillait ses adulées pour les déguiser en mendiantes, en Turques, en Grecques, en Romaines, en Chinoises, et les plus aimées étaient envoyées à une amie, Miss Thomson, qui se chargeait de les photographier entièrement nues selon les instructions minutieuses du révérend. Inutile d'ajouter que ces clichés-là ont été détruits pieusement après la mort de l'écrivain... Au demeurant, il fallait la pudibonderie farouche de l'Angleterre victorienne pour que la passion de l'étrange célibataire pût ainsi se donner libre cours. Notre société soi-disant permissive crierait à coup sûr au scandale en pareil cas, et elle aurait bien tort, car il va de soi que les amours de Lewis Carroll avec ses petites filles n'étaient — et ne pouvaient être — que strictement platoniques.

Érotisme ? Certes, mais de l'espèce la plus haute, érotisme-amour, érotisme-passion, érotisme-tendresse qui engage toute la vie d'un homme de génie et se cristallise en une œuvre sublime.

LE PEINTRE ET SON MODÈLE

(Un épisode inédit de La Goutte d'Or)

La scène se passe de nos jours aux abords de Tabelbala, une petite oasis isolée dans le nord-ouest du Sahara. Idriss, un jeune Berbère, mène son troupeau de chèvres et de moutons. Surgit une Landrover conduite par deux Européens, un homme et une femme. La voiture s'arrête au niveau d'Idriss et de son troupeau. La femme saute à terre. C'est la créature occidentale telle que la rêvent les jeunes Africains : un flot de cheveux blonds se répand sur ses épaules, elle est vêtue d'une chemisette très décolletée et d'un short outrageusement court. A la main, elle a un appareil de photo.

— Eh petit ! crie-t-elle. Ne bouge pas trop. Je vais te photographier.

Et en effet elle photographie le jeune garçon sans mesurer le trouble qu'elle apporte ainsi dans son esprit. C'est qu'il n'y a qu'une seule photo à Tabelbala. D'abord parce qu'on y est trop pauvre, ensuite parce que la religion musulmane est hostile aux images. Cette unique photo, c'est celle de Mogadem, l'oncle d'Idriss, ancien combattant de la campagne

d'Italie. Dans son gourbi, il y a au mur un cadre
de velours grenat avec la croix de guerre et une
photo floue et jaunie où on le reconnaît très
jeune, en uniforme, souriant avec des copains.
Désormais, pense Idriss, il va y avoir à Tabelbala
une seconde photo, la sienne.

— Donne-moi ma photo.

La demande prend la femme blonde au
dépourvu. Elle regrette une fois de plus de n'avoir
pas emporté un appareil à développement instan-
tané.

— Pas possible, mon gars. Faut faire développer
et tirer le film à Paris. Comment tu t'appelles ?

— Idriss.

— Où habites-tu ?

— Dans l'oasis de Tabelbala.

— Très bien, Idriss de Tabelbala, je t'enverrai ta
photo.

Et la Landrover disparaît dans un nuage de
poussière.

Le piège a été tendu et Idriss y tombe la tête la
première. Chaque semaine, un camion arrive avec
le courrier et les colis destinés aux oasiens. Idriss
est chaque fois là, en attente. Et chaque fois, c'est
la déception. La photo n'arrive pas.

Deux ans plus tard, Idriss fait comme beaucoup
de jeunes oasiens. Il part chercher du travail vers
le nord. Chercher du travail ? Chercher sa photo,
pourrait-on dire, chercher la femme blonde aux
seins libres et aux cuisses nues. Cette photo, c'est
peu dire qu'il va la trouver au cours de son
voyage initiatique. Il va la rencontrer à chacune de

ses étapes, mais chaque fois elle le surprendra et le blessera, car il ne pourra y voir qu'une caricature dégradante.

Cela commence à Béni Abbès, la grande oasis touristique située à quatre cent cinquante kilomètres de Tabelbala. Il y a là un *Musée Saharien* construit du temps des Français par le C.N.R.S. Perdu parmi des touristes hilares, Idriss retrouve dans des vitrines les jouets de son enfance, les animaux empaillés de ses chasses, les outils de ses travaux et même les photos de femmes et d'hommes qui pourraient être ses parents et qu'on exhibe pour leurs vêtements « typiques » ou leurs peintures faciales. A Béchar, autre aventure. Il tombe chez un « artiste photographe » dont l'art consiste à photographier des touristes devant une toile peinte figurant grossièrement des dunes, des palmiers, des chameaux.

A Oran commencent les choses sérieuses : passeport, photos d'identité. Pour la première fois il apprend qu'il a un « faciès nord-africain », et que sa condition est celle d'un bougnoule en quête de bas travaux.

En France les images le submergent. Et dans ce flot coloré que déversent sur lui les affiches, le cinéma, la télévision, il reconnaît çà et là à nouveau son image grotesquement déformée. C'est une agence de voyage qui vante les délices d'une oasis saharienne ombragée de fleurs avec piscine en forme de haricot et belles odalisques dénudées. C'est un spot de télévision pour un soda appelé *Palmeraie*. C'est la tête rigolarde du chameau des cigarettes *Camel*. Et pour couronner le tout, c'est une rafle de police, un certain tabassage et la photo anthropométrique de face et de profil avec un œil au beurre noir et une lèvre fendue.

Idriss est-il au bout de son voyage au pays des images ? Va-t-il sortir du piège où l'a fait tomber une femme blonde armée d'un appareil de photo ?

Un jour il rencontre un véritable créateur, un peintre, un dessinateur surtout. Cela se passe près de Notre-Dame, sur les quais, le long des mangeoires des bouquinistes, là où la Seine coule entre des livres.

Ce créateur, c'était Charles Frédéric de l'Épéechevalier[1]. Il avait dressé son chevalet en face de Notre-Dame, et il s'activait de la plume et du pinceau.

Après les mésaventures qu'il avait endurées, Idriss aurait fait un détour pour éviter un photographe. Mais ces mésaventures mêmes avaient aiguisé dans son esprit une certaine curiosité à l'égard de la peinture et du dessin. Il se remplit le cœur d'abord du spectacle de cette noble et douce nef qui voguait si calmement sur les eaux noires du fleuve. Il était si rare, depuis qu'il avait quitté le désert, que le monde lui offrît un spectacle à la fois fort et apaisant, qu'il sentit sa poitrine se gonfler et ses yeux se mouiller. Ainsi donc il pouvait y avoir, même au cœur de cette ville sombre et brutale, de la grandeur, de la bonté, une majesté vivante et sage. Il lui semblait que pour la première fois il découvrait Paris.

C'est alors seulement qu'il posa les yeux sur la toile du peintre avec la gêne qu'il y a toujours à commettre une indiscrétion. Mais la surprise qu'il éprouva effaça tout autre sentiment. L'œuvre était encore à peine

---

1. On reconnaîtra facilement Carl Fredrik Reuterswärd.

esquissée, mais il était clair qu'il n'y aurait là ni île de la Cité, ni tours jumelles, ni portail, ni rosace, ni flèche, ni rien qui ressemblât à Notre-Dame de Paris. Non, ce qu'Idriss voyait surgir lentement comme d'un brouillard avec une indicible stupéfaction, c'était ni plus ni moins que les trois pyramides de Gizeh avec, comme un chien de garde veillant sur leur sommeil, le sphinx à tête de femme et à queue de lion.

Idriss regardait de tous ses yeux s'opérer l'étrange métamorphose qui d'une cathédrale du XIIIe siècle français faisait une nécropole pharaonique de l'ancienne Égypte. Mais de son côté de l'Épéechevalier avait repéré, dans la zone marginale de son champ visuel, la présence de ce naïf témoin, et il ne pouvait tarder à le faire entrer dans son jeu, d'autant plus que l'arabesque verbale accompagnait très naturellement chez lui le discours pictural.

— Voilà bien des années que je hante ce quai, dit-il d'abord comme pour lui-même, et je me demandais quelle œuvre cette cathédrale enfanterait un jour sur ma toile. Aujourd'hui enfin je le sais, et le résultat dépasse mon attente.

Idriss fixait intensément les lèvres du peintre, puis il regardait l'esquisse des pyramides, puis Notre-Dame, et il revenait au visage souriant et énigmatique du peintre, comme s'il cherchait vainement à ajuster trois pièces résolument incongrues. Et comme de l'Épéechevalier le regardait du coin de l'œil comme pour l'encourager à parler :

— Mais si vous voulez faire des pyramides, pourquoi regardez-vous une cathédrale ? lui demanda-t-il.

— Qui vous dit que je veux faire des pyramides ?

répliqua de l'Épéechevalier. Moi, je fais une peinture, mon intention n'est pas plus précise.

— Alors pourquoi regardez-vous la cathédrale ?

— Parce que je peins sous l'inspiration de cette cathédrale. Mais mon inspiration n'est pas un décalque. La cathédrale m'inspire ? Quoi ? Je n'en sais rien avant de commencer. Bien entendu, je sais qu'il y aura une affinité profonde entre la cathédrale inspirante et la peinture inspirée. D'ailleurs vous voyez vous-même : la parenté entre la pyramide et la cathédrale saute aux yeux.

— Pas à mes yeux, avoua Idriss.

— C'est pourtant clair. Il s'agit de deux monuments religieux dont les auteurs furent des foules anonymes animées par la foi. C'est cela que me dit la cathédrale de Paris. Du moins est-ce cela que voient mes yeux. Et alors au lieu de recopier servilement la forme et la couleur du bâtiment, j'entends, je comprends, je traduis son message. Et cette traduction, c'est Gizeh. Pour cette fois du moins. Car demain, le même message de Notre-Dame de Paris se traduira peut-être sur ma toile par le temple d'Angkor ou par le visage de Bouddha.

— Parce que vous faites aussi des portraits ?

— Des portraits ? Mais je ne fais que cela ! A dire vrai, je n'en fais sans relâche qu'un seul, toujours le même.

La foule devenait plus dense en cette fin d'après-midi, et les deux hommes étaient incessamment bousculés parce qu'ils encombraient une partie du trottoir. Finalement de l'Épéechevalier entreprit de serrer sa toile et son matériel d'artiste peintre.

— Nous ne pouvons rester plantés ici. Venez prendre un verre à côté, proposa-t-il.

Idriss n'était pas habitué à être invité si poliment par des inconnus. Il accepta avec reconnaissance, tout en redoutant d'avoir à boire de l'alcool. De l'Épéechevalier l'entraîna dans un vaste café rendu immense par des miroirs qui recouvraient ses quatre murs et multipliaient ses volumes et ses gens. Ils s'assirent côte à côte sur une banquette de moleskine, et de l'Épéechevalier commanda deux diabolos-menthe.

— Vous parliez de portraits, dit-il enfin pour renouer le fil de leur conversation. Je ne vais pas vous faire un cours d'histoire de l'art. Disons cependant qu'après les monstres égyptiens, les dieux grecs et les empereurs romains, l'art a cherché pendant des siècles le contact avec le visage individuel, irremplaçable, tel qu'on ne l'avait jamais vu, tel qu'on ne le reverrait plus jamais. L'ambition était ambiguë, voire contradictoire, car cette image éphémère, étroitement solidaire d'un certain *hic et nunc,* pourquoi et comment prétendre la douer de l'éternité et de l'universalité de l'œuvre d'art ? Mais le propre de la création est de rendre l'impossible non seulement réel, mais nécessaire. L'entreprise réussit au-delà de toute espérance, et les musées du monde entier regorgent de visages infiniment personnels, d'une individualité totalement particulière, que nous sentons cependant proche de nous au point de nous toucher jusqu'aux larmes. On dirait que l'universel est obtenu grâce à un paroxysme de singularité, ce qui est bien le comble du paradoxe.

Mais tout devait basculer avec l'irruption de la photographie. Là, plus de création, plus d'universalité,

la fiche anthropométrique dans toute sa sordide plati-
tude. On dirait qu'à force de vouloir approcher le
concret, l'artiste a fait un faux pas et s'est heurté à lui
au point de s'y briser. Il y a eu d'abord un temps de
désarroi. D'aucuns ont prophétisé la mort définitive
de la peinture. Des centaines d'artistes spécialisés dans
le portrait en miniature se sont convertis à la photographie. Ce fut le cas en France de Félix Tournachon
qui devint le célèbre Nadar.

Mais le portrait devait renaître de ses cendres. Si le
grain ne tombe en terre et ne meurt, il ne donnera pas
de nouvelle moisson. La peinture, frappée à mort par
la photographie, devait connaître une prodigieuse
résurrection. Ecoutez bien ceci : les chaînes qui alour-
dissaient la peinture en l'attachant à la reproduction
servile du réel, voici que la photographie s'en chargeait. Du coup la peinture allait prendre un essor
incomparable avec l'impressionnisme, le fauvisme,
l'expressionnisme, le cubisme, et cent autres manifes-
tations de sa folle et toute jeune liberté.

Il se tut en souriant et laissa son regard errer sur la
fantasmagorie que les miroirs du café créaient entre
eux. Ce fut Idriss qui le ramena à son sujet.

— Mais où en êtes-vous dans tout cela ?

— Moi ? J'ai pris, comme on dit, le taureau par les
cornes. Bien rares étaient depuis cent ans les dessina-
teurs qui osaient aborder à nouveau le portrait. La
photographie paraissait avoir annexé pour toujours ce
domaine. Avec quelques autres, j'ai décidé de recon-
quérir ce terrain perdu.

— Des portraits à l'ancienne mode ?

— Evidemment non. L'ancienne mode, la photographie l'a poursuivie et épuisée. Et pour tout vous dire, la photographie ne sait plus très bien comment continuer à faire des portraits sans piétiner sur place. Le moment de la relève par le dessin est, je crois, venu.

Il ouvrit sur la table de faux marbre un vaste carton rempli de feuilles et d'esquisses.

— Mais avant d'aborder le portrait, je voudrais revenir un instant à Notre-Dame et aux pyramides. Que dites-vous de cela ?

Il étala une gravure verte et jaune couverte de dessins géométriques très simples, et de quelques mots. Idriss l'observa un moment.

— C'est le plan intérieur de l'église Notre-Dame. Je le sais parce que j'en sortais quand je vous ai rencontré. Je reconnais le chœur, le transept, les chapelles latérales.

— Fort bien, approuva de l'Épéechevalier. Mais ces mots écrits sur ce plan ne vous surprennent pas un peu ?

— Pair, impair, rouge, noir, passe, manque, lut Idriss. Je ne comprends pas.

— Vous n'avez jamais vu un tapis de roulette ?

— Je ne sais pas ce que c'est.

— C'est un jeu où on risque de l'argent, et auquel parfois on en gagne. Les jetons se placent sur un tapis vert parfaitement semblable à celui-là.

— Votre gravure représente donc à la fois le plan intérieur d'une église et un tapis de roulette. Je trouve cela amusant, mais très gratuit.

— Amusant, j'espère bien que mon dessin l'est profondément. Mais gratuit, il le serait sans ces mots de Bossuet qui lui servent d'épigraphe ou de légende, comme vous voudrez.

— « Ce qui est un hasard à l'égard des hommes est dessein à l'égard de Dieu », déchiffra Idriss. Qui est ce Bossuet ?

— Un prédicateur en forme d'aigle dont le ramage valait mieux que le plumage. Mais j'espère que votre connaissance du français vous permet d'apprécier l'équivoque de cette phrase.

— Le hasard, c'est le jeu de la roulette.

— Bravo !

— Le dessein de Dieu, c'est la fortune ou l'infortune du joueur, et c'est aussi l'espace sacré de la cathédrale.

— De mieux en mieux ! Quant au dessin (sans e), j'en fais mon affaire. Ce qu'il faut retenir de tout cela, voyez-vous, c'est que grâce à l'ambiguïté, par la vertu de l'équivoque, par le rire du calembour, je parviens à déjouer le piège de l'image. Je déboîte les mâchoires impitoyables qui se referment habituellement à la fois sur la personne dessinée et sur celle qui regarde le dessin. Mes dessins sont ouverts. Leur raison d'être est une leçon de liberté, de libre et joyeuse fantaisie. Mais bien entendu, c'est surtout dans le portrait que cette leçon fait merveille.

Il étala sur la table un éventail de feuilles.

— Regardez par exemple ce portrait.

— C'est un homme qui louche et qui fume, constata Idriss.

— C'est un écrivain et un philosophe célèbre, disparu récemment, Jean-Paul Sartre. J'ai fait ce portrait peu avant sa mort qui fut précédée par une grande déchéance physique. Il était devenu aveugle. Son organisme se délabrait. Vous avez remarqué son strabisme et sa cigarette. Le tabac a en effet contribué à sa fin. Bref ce portrait sent la mort. En ce sens, c'est un portrait du genre traditionnel, tel que la photographie l'a aggravé. J'ai donc repris cette œuvre, et voici sa nouvelle version.

Idriss s'absorba dans un dessin à vrai dire assez complexe.

— Je vois deux arbres, dit-il. Ou plus exactement un arbre et son ombre portée. Et comme un fantôme derrière ces deux arbres le portrait de Sartre de tout à l'heure. Sauf qu'il a l'air plus souriant cette fois.

— Oui, mais si vous connaissiez mieux nos essences, vous auriez reconnu un hêtre. La feuille ne se confond avec aucune autre, la silhouette elle aussi est caractéristique.

— Pourquoi fallait-il un hêtre ?

— Parce que le principal livre de J.-P. Sartre s'intitule *L'Être et le Néant*. Le néant, c'est donc l'ombre portée de l'arbre.

— Encore un calembour !

— Non, parce que le livre et le hêtre ont des racines communes. Saint-John-Perse a dit : « Publier un livre, c'est détruire un arbre. » En d'autres termes : l'hêtre et le néant. Et ce n'est pas tout. En latin *liber* veut dire écorce et livre. Ce n'est pas un hasard. A l'origine, on écrivait sur l'écorce de certains arbres. Et pour revenir au hêtre, en allemand, hêtre ça se dit *Buche*, et le livre : *Buch*, et la lettre *Buchstabe*, c'est-à-dire : bâton de hêtre.

— Ça grouille de significations.

— Oui, mais c'est un grouillement cohérent. Tout se tient.

— Et Sartre dans tout ça ?

— Vous l'avez noté : il sourit. Il sourit parce que mon second portrait, au lieu de l'engluer dans une expression, le fait pétiller de significations.

— Je ne comprends pas.

— Vous avez vu au seuil de certains restaurants ces grands aquariums bleutés où nagent des truites ? Pour réoxygéner l'eau, une fontaine de bulles d'air fonctionne au fond de l'aquarium. C'est le contraire du jet d'eau. Ce ne sont pas des gouttes d'eau jetées en l'air, ce sont des bulles d'air lâchées dans l'eau. Or que font les truites ? Pour elles, il n'y a d'eau que courante et chantante. L'enfer ce sont les eaux dormantes. Elles se pressent donc en grappes à l'origine du jet d'air pour se faire arroser de bulles la gueule et les narines. Dans mon nouveau dessin, Sartre est l'une de ces truites. De l'eau plate où il agonisait tout à l'heure, il est passé à un bain d'eau gazeuse où il reprend vie.

Et comme pour illustrer son propos, il éleva à la lumière son verre, où dans un liquide émeraude s'égrenaient des chapelets de perles aériennes.

— Et si nous parlions un peu de vous, maintenant ? reprit-il.

— C'est aussi une histoire de portrait qui m'a amené en France, dit Idriss.

— Ô merveille ! Le hasard qui nous a réunis est vraiment un dessein de Dieu !

— Je gardais mes chèvres dans une oasis. Une femme blonde m'a photographié, et elle est partie avec ma photo. Ce ne sont pas des choses à faire à un primitif. Je suis un primitif. Depuis je cherche ma photo.

— Et vous l'avez trouvée ?

— Comme dans les miroirs déformants du Jardin d'Acclimatation. On dirait que la société française me bombarde de photos de moi qui sont toutes plus caricaturales les unes que les autres. Dites à un Français : désert, Sahara, oasis, chameau, Nord-Africain, bougnoule...

— Arrêtez, arrêtez, je croule déjà sous une avalanche de clichés grotesques ou hideux, ou l'un et l'autre à la fois !

— Que faire ?

— Un portrait. Le portrait de l'Oasien par Charles Frédéric de l'Épéechevalier. Bien entendu un portrait-signification, une aquarelle à l'eau pétillante. Quand venez-vous à mon atelier ?

L'IMAGE DU POUVOIR

Le portrait a pour source première l'ambition de vaincre la mort. Plus encore qu'aux contemporains, c'est à la postérité qu'il s'adresse. Et l'entreprise n'est nullement vaine, si l'on considère la place qu'occupent dans notre vie tant de visages peints, sculptés ou photographiés dont les originaux ont disparu à jamais. Au temps qui détruit tout, l'homme répond par l'image.

Mais le portrait possède une autre relation avec le temps, plus profonde, plus mystérieuse. Car l'artiste prétend enfermer dans son œuvre non seulement le présent, mais le passé, voire même l'avenir de son modèle. Un visage n'est autre que sa propre histoire par ses rides, ses cicatrices, son usure, l'assouvissement ou la frustration qu'il reflète. Il raconte sa vie, comme une pierre son passé millénaire par les accidents de sa surface. Mais il dit aussi l'avenir, cette mine d'or ouverte aux pieds du jeune homme, ce gouffre d'ombre béant devant le vieillard.

A ce désir de vaincre le temps, le chef politique ou religieux ajoute la volonté de vaincre l'espace, afin de rayonner sur un peuple, sur une nation, sur tout un pays. La gloire consiste à être connu de plus d'hommes qu'on n'en connaît soi-même, de plus d'hommes qu'on n'en pourra jamais rencontrer. Or, cette diffusion dans l'espace de l'image du souverain soulève des difficultés matérielles qui n'ont été que très récemment résolues. Il est vrai que, dès le début de la Genèse, Yahvé avait trouvé la solution la plus simple et la plus élégante à ce problème. Ayant créé l'homme et la femme à son image et à sa ressemblance, il leur dit : « Soyez féconds, croissez, multipliez, remplissez la terre. » Ainsi pourvoit-il à son autopublicité après avoir fait son autoportrait. Enfin dès la deuxième loi du décalogue se trouve promulgué le monopole divin de l'image : « Tu ne feras pas d'image peinte ni sculptée. » Il faudra attendre des millénaires pour que l'homme d'État — ce singe de Dieu — retrouve cette triple opération : autoportrait, diffusion, monopole.

Longtemps la monnaie restera l'unique moyen de cette imitation. Le pouvoir défend avec la plus extrême jalousie le droit exclusif de battre monnaie. Sur chaque billet de banque français, il est rappelé que l'article 139 du Code pénal punit de la réclusion criminelle à perpétuité le contrefacteur dudit billet, de telle sorte que, par un retournement assez pervers, ledit contrefacteur se voit obligé de reproduire la loi même qui le condamne. Il y a là comme un écho lointain, et comme inversé, de l'autohagiographie originelle.

Mais il faut reconnaître que la monnaie n'est qu'un assez médiocre véhicule de l'image du souverain. D'abord le portrait y est réduit à des dimensions bien peu dignes de son modèle. Ensuite, on a beau dire que l'argent n'a pas d'odeur, l'usage trivial — voire crapuleux — qu'on en fait communément n'honore pas le souverain dont il porte l'effigie. On rencontre là pour la première fois — nous la retrouverons — l'ambiguïté inhérente à tout pouvoir politique. C'est l'honneur suprême d'avoir son profil sur les pièces d'or. C'est une honte de tremper, même en effigie seulement, dans toutes les transactions, dans tous les vols. Cette ambiguïté est fortement illustrée dans la fameuse parabole du denier de l'évangile selon saint Matthieu. Un pharisien ayant demandé à Jésus, pour l'embarrasser, s'il était juste que les Juifs payassent un impôt aux Romains, Jésus demanda à son tour quelle était l'effigie gravée sur le denier. « Celle de César », lui fut-il répondu : « Rendez donc à César ce qui est à César et à Dieu ce qui est à Dieu », dit-il alors. C'était séparer, comme d'un coup de hache, l'ordre spirituel et le domaine temporel. Alain, penseur officiel de la IIIe République, approuve cet enseignement, et même il le pousse à l'extrême. « La sagesse, écrit-il, consiste à retirer l'esprit du corps, et la sagesse politique à retirer toute approbation à l'obéissance. » Et il conclut : « La confusion du spirituel et du temporel rendra mauvais tous les régimes ; au lieu qu'une société des esprits sans aucune obéissance d'esprit les rendrait tous bons par une sorte de mépris poli. » Mais s'il est permis de manifester ce « mépris poli » aux riches et à leur symbole, l'argent, l'étendre au souverain qui y est figuré en effigie devient un acte séditieux. Jésus veut délibérément ignorer que César est officiellement une sorte de dieu. La monarchie française ne se fera pas faute de poursuivre cette tradition en se voulant de droit divin, et en faisant du roi un être sacré. Nous retrouverons partout cette contradiction entre le souverain qui rayonne immobile et intangible comme une icône, et le meneur d'hommes qui brasse les peuples et les choses sans craindre les compromissions et les éclaboussures.

*

Il est vrai que la monarchie, lorsqu'elle atteint son apogée, tend à se refermer sur elle-même, comme dans un palais de miroirs. Louis XIV, choqué tout enfant par les troubles de la Fronde, fuit Paris, sa populace, son Louvre humide et sombre, et se donne à Versailles un décor totalement artificiel.

Dans un petit livre aussi brillant que pénétrant, Philippe Beaussant propose une approche nouvelle de l'esprit baroque[1]. Directeur de l'Institut de musique et de danse anciennes à Versailles, il donne du phénomène louis-quatorzien une interprétation franchement théâtrale et même chorégraphique. Pour lui, le baroque se définit comme l'épuisement de tout l'être par le paraître. La Cour n'est qu'un spectacle. Admirablement réglé, il ne laisse rien dans l'ombre, ni au hasard. Louis XIV — dont Voltaire disait : « On ne lui apprit qu'à danser et à jouer de la guitare » — en est à la fois le centre, l'acteur et le spectateur. La fameuse fête du 17 août 1661, donnée en son château de Vaux-le-Vicomte par le surintendant Fouquet en l'honneur du roi, constituait un outrage impardonnable, non par

1. Philippe Beaussant, *Versailles Opéra* (Gallimard).

son luxe tapageur, mais par une usurpation d'une prérogative régalienne, comparable en somme à la contrefaçon de billets de banque dont nous parlions. De même, Molière fera cruellement rire de Monsieur Jourdain, bourgeois et drapier, qui a cru pouvoir accéder au costume, au chapeau et à la danse par la seule force de son argent.

Mais ce spectacle de Versailles, à qui est-il offert ? Néron, Caligula et Commode revêtaient la tunique des gladiateurs et descendaient dans l'arène pour gagner la faveur du peuple. Par démagogie, dirions-nous aujourd'hui. Cent ans après Molière, Beaumarchais dispose pour ses comédies d'un public de bourgeois éclairés et de nobles libertins qui applaudissent follement ses attaques contre le régime. Rien de tel à Versailles. L'image si coûteuse et si contraignante que la Cour donne d'elle-même ne sort pas des limites des jardins royaux. Point d'autre public que les courtisans, et surtout Louis le Grand lui-même. Rien ne symbolise mieux ce narcissisme baroque que la galerie des Glaces où l'on va pour se voir et se faire voir. Rien non plus n'en fait la théorie plus fidèlement que *La Monadologie* de Leibniz — le philosophe baroque par excellence — pour qui le monde n'est qu'une infinité de monades, qui ne sont chacune que le miroir de toutes les autres. Ce monde fermé sur son propre spectacle — dont Saint-Simon se fera le chroniqueur —, il faudra la Révolution pour l'ouvrir de force sur la foule populaire et les bourrasques de l'Histoire.

*

Lorsque Napoléon écrasa les Prussiens à Iéna le 14 octobre 1806, Hegel était en train de mettre la dernière main à sa *Phénoménologie de l'Esprit*. Il descendit dans la rue pour « voir passer l'âme du monde sur son cheval blanc ». Il convient d'ajouter qu'une heure plus tard il était obligé de distribuer sa cave aux soldats français, fortement enclins à piller et à brûler. Le manuscrit de la *Phénoménologie de l'Esprit* ne dut son salut qu'à quelques bouteilles de Pontak. Il n'en reste pas moins que l'iconographie impériale va rejoindre la philosophie hégélienne. La grande nouveauté de l'hégélianisme, en effet, c'est l'intégration de l'Histoire qu'il prétend effectuer. Pour Descartes, Spinoza, Leibniz et bien d'autres penseurs « classiques », il ne fait pas de doute que les événements historiques relèvent d'un tumulte désordonné qu'il serait tout à fait vain de vouloir comprendre. L'Histoire est — comme les erreurs, comme les passions — une sanglante mêlée qu'on rejette dans les ténèbres extérieures. Hegel au contraire veut la reconstruire et voir en elle les étapes de l'Esprit à la conquête de lui-même. Conjointement le souverain cesse d'être un soleil immobile et impassible, flottant au-dessus de la mêlée. Au demeurant Napoléon ne manquera pas de regretter cette intangibilité quasi divine des rois de droit divin. « Si je venais à prétendre que je descends de Jupiter, la première catin venue me rirait au nez ! » dit-il. Il est vrai que, peu de temps auparavant, Louis XVI était devenu Louis Capet, citoyen coupable de trahison. Donc l'Empereur se doit d'agir, et bien entendu d'être béni par le succès. Sous le souverain se cache l'aventurier qui ne peut s'arrêter sous peine de tomber. Il n'aura garde de l'oublier d'Arcole à Waterloo. Et son iconographie suivra, véritable bande dessinée où l'on voit le héros historique devant les pyramides d'Égypte, réconfortant les pestiférés de Jaffa, gravissant le Saint-Bernard, franchissant les Alpes, couronnant Joséphine à Notre-Dame, parcourant le champ de bataille d'Eylau, etc. Sa mort ne tarira pas cette iconographie frénétique, et les grands « pompiers » de tout le XIXe siècle continueront à puiser dans Austerlitz ou la Bérézina. Mais cette avalanche va être ralentie, puis arrêtée, par un événement qui passa d'abord inaperçu avant d'éclater comme une bombe dans les ateliers et les salons de peinture.

Un portrait en pied de Napoléon par David nous montre l'Empereur en culotte à la française. En regardant bien, on voit que le bas de soie blanche de droite a légèrement tourné : les mailles accusent une ébauche de spirale. L'hyperréalisme d'aujourd'hui n'a jamais fait mieux. Dès lors que le peintre s'acharne à un « rendu » aussi scrupuleux et aussi gratuit — la beauté d'un corps, la succulence d'un fruit, la force d'un visage laid qui justifiaient le réalisme de la peinture antérieure n'ont aucune place ici — on peut dire qu'il préfigure le « piqué » photographique. Or, pour faire une photographie, mieux vaut un appareil de photo qu'un pinceau. Il ne restait donc plus qu'à inventer la photographie. Ce sera chose faite par Nicéphore Niepce en 1822, trois ans avant la mort de David.

*

En 1839, Daguerre fait la première photo d'un souverain français : Louis-Philippe dans les jardins des Tuileries. Napoléon III, soucieux de sa propagande personnelle, se fait « tirer le portrait » avec complaisance. Grâce à la nouvelle technique, en effet, le problème de la diffusion de l'image dans l'espace trouve enfin une solution que la gravure n'avait fait qu'ébaucher. Suivront la photogravure, puis le cinéma et la télévision. Pourtant, au moment même où la technique permet à l'image du pouvoir de proliférer sans limites, l'idéologie s'en détourne. Après le culte de la personnalité de Napoléon III et la brève menace du boulangisme, les chefs politiques de la IIIe République se montrent d'une extrême discrétion. Pourtant la photographie triomphe et entraîne une décadence, semble-t-il, irrémédiable, du portrait peint. Manet, l'un des derniers grands à s'y essayer, fait celui de Clemenceau. Commentaire d'André Malraux : « Le sujet doit disparaître parce qu'un nouveau sujet paraît qui va rejeter tous les autres : la présence dominatrice du peintre lui-même. Pour que Manet puisse peindre le portrait de Clemenceau, il faut qu'il ait résolu d'oser y être tout, Clemenceau presque rien. »

Ce « presque rien » va trouver une illustration orageuse en mars 1953, dans l'affaire Picasso-Staline, qui secoue le parti communiste français. A la nouvelle de la mort de Staline, Aragon téléphone à Françoise Gilot pour obtenir un portrait du « petit père des peuples » par Picasso. L'œuvre arrive une heure avant le bouclage du prochain numéro des *Lettres françaises*. Pierre Daix la juge « d'une facture à la fois naïve et

étonnamment décidée ». Pourtant la parution du journal déchaîne un tollé à la rédaction de *L'Humanité* et
de *France Nouvelle*. Elsa Triolet commente plus tard :
« La distance allait être très grande pour les gens entre
cette image d'un jeune gars folklorique aux yeux
innocents et la représentation habituelle de l'homme
qui venait de mourir, incarnation de la sagesse, du
courage, de l'humain, de celui qui a gagné la guerre, de
notre sauveur [1]. » Les protestations affluent. Fougeron
s'attriste « qu'un grand artiste soit incapable [...] de
faire un bon mais simple dessin du visage de l'homme
le plus aimé des prolétaires du monde entier ». Aragon
fait face à l'orage. A Pierre Daix, il explique : « Toi et
moi, nous avons pensé à Picasso, à Staline. Nous
n'avons pas pensé aux communistes. » Il publie une
autocritique assez tiède dans laquelle il reconnaît :
« Habitué de toute ma vie à regarder un dessin de
Picasso par exemple, en fonction de l'œuvre de
Picasso, j'ai perdu de vue le lecteur qui regarde cela
sans se préoccuper du trait, de la technique. C'est là
mon erreur. Je l'ai payée très chèrement. Je l'ai
reconnue, je la reconnais encore... » En termes moins
diplomatiques : tout le scandale provient de l'ignorance de la peinture moderne par les dirigeants et par
les militants communistes. Sans doute. Mais l'expérience prouve aussi que, depuis l'avènement de la
photographie, la peinture est devenue inapte au portrait officiel, lequel relève désormais de l'art de Nadar.
Place donc aux photographes !

1. Dominique Desanti, *Les Clés d'Elsa* (Ramsay).

*

Dans l'histoire de l'image du chef politique, le cas de Philippe Pétain marque un tournant décisif. Il est le dernier chef d'État français dont le profil figure sur les pièces de monnaie et les timbres-poste. En même temps, il est le premier qui répandit sa photo à profusion dans tous les lieux publics. On la tira à des millions d'exemplaires, puisqu'elle devait se voir non seulement dans toutes les mairies, mais dans toutes les chambres des hôpitaux, dans toutes les classes de tous les établissements scolaires. Je vois encore l'un de mes camarades juché sur une chaise, et corrigeant la légende : « J'ai fait don de ma personne à la France » en remplaçant *personne* par *photographie*.

Dès l'après-guerre, cette tradition de la photographie officielle s'installa et prit un départ modeste avec Vincent Auriol et René Coty pour redevenir envahissante avec le retour au pouvoir de Charles de Gaulle, un des hommes les plus photographiés — et il faut bien l'avouer : les plus photogéniques — de son temps. La photographie officielle du premier président de la Ve République fut demandée à Jean-Marie Marcel — fils adoptif du philosophe Gabriel Marcel. On choisit comme cadre la bibliothèque de l'Élysée, discrète allusion sans doute aux ambitions littéraires du Général. Il est en habit, porte l'écharpe de la Légion d'honneur, et s'appuie de la main sur un livre qui est censé contenir le texte de la nouvelle Constitution. A peine ce portrait officiel fut-il connu que Jean-Marie Marcel se trouva submergé de commandes de chefs d'État étrangers — africains notamment — qui lui demandaient d'en faire pour eux la réplique conforme. Certains se passèrent d'ailleurs de ses services et prirent la pose gaullienne devant le photographe local, tel Lumumba, éphémère président du Congo ex-belge, qui fit faire la même photo de son petit garçon, la main posée sur son ballon de cuir.

Valéry Giscard d'Estaing s'adressa à Jacques Lartigue, célèbre pour les photos qu'il fit à l'âge de dix ans des belles promeneuses du bois de Boulogne. Vieil enfant aux boucles blanches et au sourire désarmant, Lartigue est lui-même si photogénique que ce choix présidentiel lui valut de voir son propre portrait publié dans toute la presse, version inattendue de l'arroseur arrosé.

En 1981, c'est à Gisèle Freund que François Mitterrand demanda son portrait destiné aux quelque vingt-cinq mille mairies de France. Nouvel hommage sans doute à la littérature, puisque Gisèle Freund est connue principalement pour ses portraits d'écrivains, Virginia Woolf, Bernard Shaw, Joyce. Elle pria le Président de prendre place à sa table de travail et de choisir un livre de chevet. Il s'agit d'un des tomes des *Essais* de Montaigne, et, comme un livre est fait pour être lu, il sera ouvert entre les mains du Président. Interrompu dans sa lecture, il lève vers la photographe un regard peut-être adouci par une leçon de sagesse sceptique.

Mais ni Marcel, ni Lartigue, ni Freund ne se sont fait une spécialité du portrait officiel. C'est le cas en revanche du Canadien d'origine arménienne Yousuf Karsh, qui, en quarante ans d'activité, ne compte plus les papes, prix Nobel et autres chefs d'État qu'il a

« opérés » (c'est son expression). Karsh tourne le dos
résolument au naturel. Rien de moins spontané, « pris
sur le vif » que ses portraits. Faits en lumière artifi-
cielle savamment agencée avec une chambre de très
grand format (8 × 10 inches), ils isolent le personnage
de tout contexte. L'image se détache comme un îlot
fouillé par la lumière, perdu au milieu d'un océan flou.
C'est chaque fois l'illustration saisissante de la solitude
des grands. Ces visages nous montrent également
l'usure commune, une sorte de polissure, subie par ces
visages publics exposés aux regards de la foule, aux
flashes des journalistes, aux crayons des caricaturistes.
Il y a plus. A l'opposé de Picasso dessinant un Staline,
que le communiste de base se refusa à reconnaître pour
sien, Yousuf Karsh a le génie d'aller toujours très
exactement au-devant de l'image que tout un chacun
se fait de l'homme célèbre qu'il photographie. Cette
image mentale moyenne, il la précise, il la burine, il
l'enfonce dans la mémoire collective, au point que
nous ne pouvons plus imaginer Churchill par exemple
— son portrait le plus célèbre — autrement que dans
l'attitude et avec l'expression qu'il lui a données. (La
légende veut que l'air surpris et furieux du Premier
Britannique provienne de ce que le photographe venait
de lui enlever assez prestement des doigts son éternel
cigare.) Consécration suprême, c'est parfois à partir de
photos de Karsh que sont dessinés des timbres-poste
ou sculptées des effigies de médailles.

*

L'apparition de la radio, du cinéma et de la télévision a bouleversé l'image du pouvoir, comme le

pouvoir de l'image. Savoir se servir de ces outils nouveaux est devenu pour l'homme politique un impératif absolu. On en est arrivé à se poser cette question apparemment scandaleuse : un homme d'État doit-il avoir un talent de bon comédien ? Cette question du rapport entre le métier d'acteur et la carrière politique mériterait une étude approfondie. Encore faudrait-il distinguer entre radio, cinéma et télévision, instruments qui se sont succédé, et coexistent maintenant non sans s'influencer. Car la radio, puis la télévision ont corrigé l'action que le cinéma a d'abord exercée seul sur l'imaginaire collectif.

Or, le sens de cette évolution va, semble-t-il, vers un pâlissement des stéréotypes. Quand le cinéma régnait seul sur les imaginations, l'avant-scène était occupée par des héros très lourdement dessinés. On n'est pas étonné de voir Mussolini et Hitler s'agiter sur les tribunes au moment même où Raimu et Fernandel triomphent à l'écran. Il est probable que le public d'aujourd'hui, l'œil affiné par le petit écran, ne supporterait ni les uns ni les autres. Depuis, l'image de l'homme politique, comme celle du comédien, s'est rapprochée de celle que le citoyen moyen se fait de lui-même. Devenue familière — et non plus hebdomadaire (le cinéma du samedi soir), mais quotidienne et même de toutes les heures — elle s'est adoucie et nuancée. La dernière idole du cinéma français fut Brigitte Bardot. Or, une idole s'impose moins par ses qualités propres que grâce aux désirs et aux fantasmes que son public investit en elle. Si BB n'a pas eu de postérité, c'est sans doute que le public d'aujourd'hui n'offre plus un terrain favorable à ce genre de floraison. Après, ce fut le crépuscule des masques. Plusieurs traits annonçaient d'ailleurs chez Brigitte Bardot qu'il s'agissait d'une sorte de chant du cygne d'un phéno-mène parvenu à son épanouissement total. Il était déjà remarquable qu'elle n'ait pas songé à faire carrière sous un nom plus « onirigénique » que ce très prosaï-que Bardot. Avant la guerre, une Mlle Simone Roussel avait été contrainte pour devenir célèbre d'adopter le pseudonyme de Michèle Morgan. Que BB ait finale-ment servi de modèle à Marianne, incarnation de la République, sur les timbres-poste et en plâtre dans les mairies, c'est là un aboutissement insurpassable qui sent déjà la sclérose. Je ne crois pas qu'un stéréotype jeune et plein d'avenir s'accommode d'une prise de conscience si lucide qu'elle finit par ressembler à du cynisme. Aujourd'hui, pour trouver des hommes politiques stéréotypés jusqu'à la caricature, il faut aller chercher des tyranneaux dans les Caraïbes ou le centre de l'Afrique. Dans l'ordre du spectacle, le héros grossièrement simplifié n'a pas totale-ment disparu, mais il s'éloigne à l'infini. On ne le trouve plus que dans la science-fiction ou la bande dessinée.

Mais plus fine, l'image n'en est que plus pénétrante, et on peut se demander pourquoi une vedette de cinéma très populaire ne tenterait pas de s'imposer au suffrage universel. John Wayne aux U.S.A., Laurence Olivier en Angleterre, Curd Jurgens en Allemagne, Jean Gabin en France n'auraient-ils pas eu des chances à des élections présidentielles ? La question n'est pas vaine. L'annonce de la candidature de Coluche aux dernières élections françaises a provoqué quelques remous. L'actuel président des U.S.A. s'est fait connaître d'abord comme cow-boy de western. On a vu se jeter dans la bataille électorale le libéral Paul Newman et le conservateur Charlton Heston. Mais le cas exemplaire nous vient de l'Inde : l'acteur Rama Rao a fait gagner l'opposition au cours de récentes élections. Parce qu'il a interprété au cinéma le rôle de Vichnou, le peuple a fini par le prendre pour un avatar du second terme de la trinité hindoue.

Un homme politique doit-il être beau ? Certains posent la question avec un tremblement d'indignation, croyant qu'elle date de l'addition redoutable : suffrage universel + télévision. Or, il n'en est rien, elle s'est toujours posée. On lit dans Suétone ce jugement sur Germanicus, père d'Agrippine et grand-père de Néron : « Il avait une intelligence qui brilla dans les deux domaines de l'éloquence, en grec et en latin, une bonté remarquable, un désir rare de se concilier la bienveillance des gens [...] mais la maigreur de ses jambes n'était pas en rapport avec sa beauté. » Remontons encore dans le passé. Les Hébreux, lassés d'être gouvernés par des juges, exigèrent un jour de Yahvé qu'il leur donnât un roi. Yahvé leur représenta les impôts et le service militaire qu'un monarque finirait par exiger d'eux. Il finit cependant par céder à leur insistance et choisit Saül. Or, l'Écriture ne nous donne qu'une seule justification de ce choix : « Aucun des enfants d'Israël n'était plus beau que lui, et il dépassait tout le monde de la tête. » Cette tradition du play-boy royal ne s'est jamais démentie. Les Français ont toujours préféré un bellâtre désastreux comme François Ier à un Louis XI, affreux mais si bénéfique pour la

France. De nos jours, les U.S.A. nous ont donné avec John Kennedy l'exemple d'un président dont le charme physique parvient encore à faire oublier sa politique catastrophique. A la même époque, les Soviétiques se débarrassaient de l'excellent Khrouchtchev pour des raisons dans lesquelles son manque de prestance avait une part certaine. Oui, un homme politique doit être beau, cela ne fait pas l'ombre d'un doute, et non seulement beau, mais sympathique, rassurant, chaleureux...

*

Il y a quelques années, l'Occitanie sortant de l'oubli retrouva des partisans et même des natifs. Certains mirent en cause le rôle de Saint Louis dans l'oppression des Albigeois. Un journal publia une lettre dont l'auteur furieux s'indignait qu'on osât porter ainsi atteinte à « une figure de vitrail de l'Histoire de France ».

La formule ne manque pas d'intérêt. Quel est le propre du vitrail en effet ? C'est une fenêtre par où entre le jour. Il en résulte que, pour le spectateur se trouvant à l'intérieur de l'édifice, une figure de vitrail ne réfléchit pas la lumière comme les autres images. Elle est elle-même source de lumière. Or, c'est bien ainsi qu'il faut voir le Roi Saint de notre histoire, une fontaine de clarté illuminant tout et tous autour de lui, et dont les rayons nous parviennent encore à travers sept siècles de vicissitudes diverses.

Si tous les saints sont des « figures de vitrail », la qualité de roi ajoute à Louis IX un évident surcroît d'éclat. Un surcroît d'éclat et une ambiguïté. Car on peut se demander si l'exercice du pouvoir est compatible avec la sainteté. Ce fut à coup sûr le pari de Louis IX : prouver par l'action que la véracité, la droiture, la générosité — vertus fort peu politiques — sont au total plus « payantes » que leur contraire. Les historiens n'ont pas fini de discuter pour savoir si Louis a gagné ou perdu son pari. Il l'a perdu à coup sûr — et avec lui tous les monarques de droit divin — dans l'esprit de Saint-Just clamant en exigeant la mort de Louis XVI : « On ne règne pas innocemment. » Le plus étrange, c'est que Saint Louis a peut-être parfois pensé comme lui. Toute sa vie, il fut hanté par la tentation de tout planter là pour se consacrer à la seule activité qui lui convenait : la prière. Il n'a cessé d'inquiéter sa cour en parlant d'abdiquer et de se retirer dans un couvent, et par deux fois il a mis d'une certaine façon sa menace à exécution en partant en croisade. Car se croiser, c'était pour un chevalier en un certain sens entrer en religion.

Mais peut-être Saint-Just s'est-il seulement trompé d'un mot. C'est : *on ne gouverne pas innocemment* qu'il fallait dire. Les thermidoriens qui l'envoyèrent à la guillotine auraient pu lui retourner sa propre formule ainsi corrigée. Il est vrai qu'entre régner et gouverner les frontières sont parfois assez floues. Mais celui qui règne s'entoure d'un chœur de femmes blanches et parfumées, les Fins. Tandis que celui qui gouverne s'en remet forcément à des auxiliaires rouges et malodorants, les Moyens. Quant au principe selon lequel les Fins justifient les Moyens, ce n'est qu'un mensonge de bourreau.

Règne-t-on innocemment ? Toute l'iconographie du pouvoir — depuis les sarcophages égyptiens jusqu'aux photos officielles d'aujourd'hui — a pour fonction essentielle de l'affirmer, de le prouver document à l'appui. On ne peut nier la vocation hagiographique de toute image officielle. Emerson a écrit que tout gouvernement était une théocratie impure. C'est justement pour le laver de cette impureté qu'on le sculpte, le peint, le photographie. Confucius compare le souverain à l'étoile polaire qui demeure immobile, tandis que tout le ciel tourne autour d'elle. L'image du souverain est là pour proclamer et célébrer son immobilité sidérale.

Paysages

Pluie. Eau douce. Eau dis-
tillée par le soleil. Le
contraire de l'eau de mer.
Pluie sur la mer. Petits
champignons d'éclabous-
sures. Les nuages en pas-
sant envoient des baisers
d'eau douce à la grande
plaine glauque et salée.

LE BANIAN

Vu en Inde. Un oiseau se pose sur un palmier. Il lâche sa fiente qui tombe au pied du tronc. Elle contient une graine de banian. La terre étant fertilisée par la fiente de l'oiseau, la graine germe. Une pousse de banian s'élève et s'enroule autour du tronc du palmier. Elle est bientôt rejointe par une seconde, puis par une troisième pousse, etc. Comme une main aux doigts multiples et de plus en plus puissants, le jeune banian surgi du sol empoigne le palmier et l'arrache du sol. Le palmier déraciné est soulevé, emporté par le banian, et il continue de végéter, quelquefois à plusieurs mètres du sol, dans sa prison de branches.

LE RIZ

Qui n'a pas mangé et vu manger du riz en Inde ne sait pas ce que contiennent ces trois simples lettres (trois lettres, comme dans le mot *blé*, mais entre ces deux nourritures fondamentales, il y a la distance de deux groupes de civilisations). Le peuple indien est un peuple de prêtres. Tous ses actes sont rituels, toutes ses actions paraissent obéir à un modèle séculaire. Les gestes de l'Indien qui prépare son riz sous vos yeux vous racontent une légende, ceux qu'il accomplit en mangeant ont valeur de sermon. Son visage dévoré par la flamme de son regard nie ardemment tout le reste de son corps, et donc cette nourriture est d'essence spirituelle.

Et il y a la faim, et il y a les enfants. Ce que j'ai vu en Inde de plus beau, exaltant, émouvant à pleurer, enthousiasmant à crier, ce n'était ni le Tâj Mahal d'Agra, ni les grottes d'Elephanta, ni les bûchers funéraires de Bénarès. C'était un vieux camion-citerne tout bringuebalant et tintinnabulant que l'étroitesse de la route nous empêchait de doubler. Il cahotait de village en hameau et s'arrêtait en des points apparemment prévus, car on l'y attendait. Des groupes d'enfants haillonneux se rassemblaient sagement derrière la citerne. Le chauffeur descendu actionnait un gros robinet qui lâchait une bouillie de riz dans le petit bol que tendait un enfant, lequel, aussitôt servi, s'asseyait sur ses talons et y plongeait son museau brun.

J'ai cru d'abord qu'il n'y avait rien de plus enviable au monde que le rôle de ce chauffeur-nourricier, et j'ai ardemment envié son sort. Mais, sous l'influence peut-être de cet air indien saturé de mystères et de monstres, j'ai rêvé d'une métamorphose plus exaltante encore : être le camion-citerne lui-même et, telle une énorme truie aux cent tétines généreuses, donner mon ventre en pâture aux petits Indiens affamés.

Ainsi l'Ogre, sous le coup d'une inversion bénigne, au lieu de manger les enfants, se fait manger par eux.

MÉDITERRANÉE

La Méditerranée. Le bassin, le monde méditerranéen. Une civilisation plusieurs fois millénaire. Notre civilisation.

Ces simples mots remuent tant d'idées, si riches, si complexes que l'on se sent intimidé. On prend peur. La tête vous tourne. On craint de perdre pied. On cherche des points d'appui, des repères, une ligne de pensée. Et devant le gouffre encyclopédique au bord duquel on se sent vaciller, on s'accroche à des réflexes personnels, à des souvenirs intimes, à des préférences subjectives. Certes il y a Moïse, Jésus, Mahomet, la grande trinité méditerranéenne qui rayonne sur les trois spiritualités, juive, chrétienne et musulmane. Mais il y a aussi l'héritier, infime mais vivant, que je suis, écrivant ces lignes une nuit de printemps, en Île de France, alors que le vent tournant du nord à l'ouest, une pluie tiède crépite sur le toit de ma maison. Essayons donc d'appliquer ma minuscule grille de déchiffrement à cet immense complexe.

Il faut bien l'avouer, je me suis toujours senti frustré par les rivages méditerranéens. En vérité, je ne leur

pardonne pas leur ignorance du phénomène des
marées.

Je me sens d'humeur et de vocation océanes. Le
jusant : cette grande fuite des eaux vers l'horizon qui
découvre et livre à nos pieds nus toute une plaine,
vierge comme au premier jour de la Création, ces
sables, ces vases, ces rochers chevelus, ces flaques où se
reflètent des ciels changeants. La Méditerranée trop
sage, trop confinée dans ses limites, limpide et sans
mystère, ne connaît pas cette vaste respiration iodée, si
vivante, si forte, qui vient de l'infini et y retourne.

Et pourtant chaque année — plusieurs fois l'an — je
prends la route du sud. Je saute par-dessus la « grande
bleue », et je me retrouve en Égypte, en Tunisie, plus
souvent dans le sud saharien. C'est ma façon d'obéir à
l'appel méditerranéen.

Il me vient maintenant l'idée d'une opposition
contenue justement dans cette sphère méditerranéenne
et qu'incarnent assez exactement deux grands écrivains
français contemporains et même amis d'enfance.

Mais il faut d'abord rappeler une distinction extra-
ordinairement féconde posée par Kant dans sa *Critique du Jugement*. Il oppose là deux idéaux antago-
nistes qui caractérisent deux esthétiques et même deux
types de caractères : le beau et le sublime. Essentielle-
ment : le beau est fini, le sublime est infini. Le beau,
c'est un temple, une statue, un dessin géométrique
fermé. Il n'y a là rien à ajouter ni à retrancher. On
baigne dans un climat d'éternité, de perfection. Le
sublime, c'est le ciel nocturne pétillant d'étoiles,
l'immensité marine, le désert. On se sent aspiré dans
un abîme d'ombre ou de lumière.

Or il semble que la Méditerranée dans sa richesse offre ces deux idéaux à ceux qui les recherchent.

Il y a la Méditerranée des villes : Marseille, Palerme, Naples, Antioche, Alexandrie, Carthage. Des ports sans doute, mais dont la vie grouillante ne trouble pas les monuments, les palais, les places ombragées. Ce sont des lieux où s'épanouit un classicisme fait d'opulence et d'équilibre. Il est remarquable que les Français désignent par le mot *Midi* la région méditerranéenne de leur pays. Pourquoi Midi ? Parce que c'est le point culminant de la courbe du soleil, point d'équilibre où l'esprit aime se figurer que le soleil s'arrête afin de jouir de son apogée.

> *Ce toit tranquille où marchent des colombes*
> *Entre les pins palpite, entre les tombes ;*
> *Midi le juste y compose de feux*
> *La mer, la mer, toujours recommencée !*

Ces vers sont extraits du *Cimetière Marin* de Paul Valéry. Né à Sète d'un père né à Bastia et d'une mère née à Trieste, Valéry est sans doute le plus méditerranéen de nos écrivains. Mais il s'agit bien entendu de la Méditerranée *classique*, celle des villes et des monuments, celle de la beauté.

Tout opposé est l'esprit d'André Gide prenant le bateau à Marseille pour la première fois en octobre 1893. Ce jeune protestant étouffait entre les murs gris de la cité calviniste. Il aspirait à la libération, à l'espace illimité, à l'infini du désert. La Méditerranée se dresse en face de lui comme la porte de l'Afrique et une promesse romantique de paysages sublimes. Ce qu'il

va y trouver, ce n'est pas la méditation apollinienne du
sage Valéry, c'est l'ivresse dionysiaque d'un amoureux
fou.

> *Je passai la seconde nuit sur le pont. D'im-*
> *menses éclairs palpitaient au loin dans la direction*
> *de l'Afrique. L'Afrique ! Je répétais ce mot mysté-*
> *rieux ; je le gonflais de terreurs, d'attirantes*
> *horreurs, d'attentes, et mes regards plongeaient*
> *éperdument dans la nuit chaude vers une pro-*
> *messe oppressante et tout enveloppée d'éclairs. (Si*
> *le grain ne meurt.)*

Oui certes, la Méditerranée, c'est ceci, et c'est aussi
cela. Je ne prétends pas qu'il s'agisse d'une clef
universelle dont la vertu apéritive agisse sur tous les
mystères dont ce monde déborde. Mais c'est un fil
rouge, modeste, parfois invisible, mais incassable, qui
court d'une image à l'autre, et qui peut aider le
voyageur ébloui par ce « midi »… à garder le nord.

SEIGNEUR MISTRAL

Les nouveaux venus en Provence ont des faiblesses pour le mistral. Ils trouvent ce vent sec et frais tonique, sportif, sain, jovial. Ils apprécient qu'il chasse les nuages et les miasmes chargés de moustiques, venus des marécages de Camargue, et nettoie le ciel qu'il fait briller de soleil, comme un grand plat de cuivre durement frotté. Le temps de mistral, un mauvais temps ? Allons donc ! Comment le mauvais temps pourrait-il être ensoleillé ? Pour les gens du Nord, qui dit mauvais temps dit nuages et pluie.

Ce n'est pas ainsi que l'entendent les Provençaux. Je me souviens d'une petite scène qui se passait un matin sur la place du Forum à Arles, l'un des lieux les plus intimes et les plus protégés de la ville, où veille la statue paternelle de Frédéric Mistral. La douceur de l'air était adorable. Les premiers rayons du soleil filtraient à travers le jeune feuillage des platanes. J'étais arrivé dans la nuit après avoir quitté un Paris frissonnant dans l'obscurité humide d'un hiver qui ne voulait pas finir.

Je m'épanouis. Je cherchai des yeux un compagnon

qui partageât avec moi cette heure bénie des dieux. A
ce moment un vieux Provençal, comme on en voit sur
les cours disputer des parties de pétanque passionnées,
vint se placer à côté de moi. Il leva un regard
courroucé vers le ciel, secoua la tête et grogna : « Le
mauvais temps continue ! » Et il partit se réfugier dans
un café, en maudissant les rigueurs du climat provençal. Le mauvais temps ? Eh oui, car il avait discerné un
léger souffle du nord dans les feuilles des platanes, et
cette présence, même infime, du mistral avait suffi à le
hérisser. Je haussai les épaules.

Aujourd'hui, j'ai dû devenir un peu provençal moi
aussi, car je ne hausse plus les épaules. Je sais que le
mistral — du latin *magister* qui a donné aussi *maestro*
— peut être un mauvais maître, un très cruel tyran. Je
l'ai vu soufflant toute une semaine, faire crever de
sécheresse les plantes des balcons — crime impardonnable en ce pays de jardins rares et fragiles —,
répandre sur les meubles de la maison une fine
pellicule de poussière calcaire, redoutable aux asthma-
tiques. Je l'ai vu saccager des soirées en plein air
d'opéra, de théâtre ou de musique. J'ai vu, dans *La
Machine infernale* de Cocteau, la malheureuse Jocaste
coiffée par sa propre traîne et se débattre inutilement
pour en sortir, comme un chat dans un sac. J'ai vu des
acteurs jouer Molière en tenant à deux mains leur
perruque qui menaçait de s'envoler. J'ai vu les décors
de *Tristan et Iseult* tellement secoués que la scène
ressemblait plus au pont d'un voilier passant le cap
Horn qu'à un décor wagnérien.

Et moi qui ai intitulé l'un de mes livres *Le Vent
Paraclet*, en hommage au Saint-Esprit que je supplie

de bien vouloir souffler sur ma tête pour l'emplir de son inspiration, je voudrais faire inscrire sur la porte de ma maison d'Arles ces lignes de la Bible qui évoquent Élie attendant sur le mont Horeb le passage de Yahwé :

> *Il y eut un vent fort et violent qui déchirait la montagne et brisait les rochers. Yahwé n'était pas dans ce vent. Après le vent, il y eut un tremblement de terre. Yahwé n'était pas dans ce tremblement. Et après le séisme, un feu. Yahwé n'était pas dans ce feu. Et après le feu, un murmure doux et léger. Quand Élie entendit ce murmure, il s'enveloppa le visage dans son manteau et, étant sorti, il se tint à l'entrée de la caverne, et voici qu'une voix se fit entendre à lui...*

I Rois, xix, 11-13.

Écrit à Arles, un jour de mistral.

LES MOULINS DE BEAUCE

Un moulin à vent, c'est d'abord une maison. Une vraie maison où gîte maître meunier.

Mais cette maison ne ressemble à aucune autre. D'abord elle se dresse solitairement à l'écart du village, au centre du pays plat céréalier. C'est souvent une tour de bois, posée sur un socle de maçonnerie en forme de tronc de cône ou de pyramide... Mais cette tour travaille et, pour ce faire, elle a des ailes. Et elle est capable de pivoter sur son socle afin de faire face à toute la rose des vents. Un cercle de bornes saillantes l'entoure comme un cadran solaire. Le meunier y prend appui pour déplacer la queue du moulin, et avec elle tout l'édifice.

Seul relief de la plaine, seul accueil du vent de la plaine, seul bois de la plaine, le moulin est maison, arbre, poumon. L'arbre secoue dans le vent sa crinière de feuilles en mugissant. C'est sa façon de respirer. Le moulin, craquant et gémissant de toute sa grande carcasse de vieux navire, brandit dans la véhémence de l'air ses quatre volants habillés de voiles. Cette affinité du moulin et de l'arbre a valeur de clef. En effet, de

tous les instruments à vent — voilier, planeur, orgue,
cerf-volant, harpe éolienne, trompette —, le moulin
est le seul qui répond à une vocation terrienne. Les
autres flottent — dans l'eau, dans l'air, dans l'esprit.
Lui, âprement fiché sur son socle, arc-bouté sur sa
queue, jaillit directement de la terre grasse et accomplit
pleinement sa mission qui est d'assurer la médiation
entre le blé et le pain. Car le meunier reçoit du
cultivateur et donne au boulanger.

Le meunier... Quels prestiges ne lui prête pas le
folklore beauceron ! Il est maître chez lui en son
château de bois, retiré à l'écart du bourg, comme une
demeure d'aristocrate. Une réputation flatteuse et
dangereuse l'entoure. Les filles savent ce qu'elles
risquent en portant au moulin leur grain, lequel se
charge aussitôt d'équivoque :

> *Venez, venez, la belle,*
> *Je moudrai votre grain !*

Lorsqu'il va au bal, le meunier revêt son beau
costume de velours côtelé *blanc*, et il n'a garde de le
brosser, car toutes celles qui auront dansé avec lui
doivent en rapporter la marque qui fait honneur et
porte bonheur.

Mais le meunier n'est pas invulnérable. Il redoute le
chômage provoqué par le défaut de vent. *A moulin
encalminé, meunier humilié.* Meunier contraint
d' « aller à l'eau », c'est-à-dire de descendre dans la
vallée pour faire moudre son grain par l'AUTRE, le
concurrent, le meunier d'eau. Et il a sa maladie

professionnelle qui est l'asthme, maladie éolienne par
excellence. La maladie du meunier d'eau, c'est le
rhumatisme, un mal qui s'attaque aux pleins du corps,
articulations osseuses, nuque, épaules, râble. Tandis
que l'asthme se situe dans le vide des bronches et des
poumons.

Une calomnie obstinée a longtemps mis en cause
l'honnêteté du meunier. Le poids du grain qu'on lui
livre et celui de la farine qu'il restitue accuseraient des
différences assez troublantes. En vérité, cette fâcheuse
réputation se résout, selon une vieille légende beauce-
ronne, en un mauvais calembour. Sommé d'avoir à
s'envoler dans les airs par le Bon Dieu lui-même, le
père Caillaux — de Fresnay-Lévêque — avait pensé se
rompre le cou en sautant du haut de la porte du
monte-sacs de son moulin. Ayant ainsi manifesté son
incapacité, « console-toi, Désiré Caillaux, lui aurait dit
le Bon Dieu, si tu ne peux pas voler en haut, eh bien,
vole en bas ».

L'historiette va plus loin qu'on ne pense. Prisonnier
du sol comme un voilier échoué sur un banc de sable,
le moulin ne bat-il pas des ailes désespérément pour
tenter de s'arracher, de planer, de voler ? On songe à
quelque grand papillon gauche et fragile, cruellement
épinglé sur un bouchon. S'il en était ainsi, il serait
naturel que le meunier eût sa part de cette grande
aspiration de la machine agricole rêvant de devenir
aéroplane. Don Quichotte lui-même, chargeant un
moulin et emporté avec Rossinante par ses ailes, ne
voulait peut-être que partir aussi avec ce qu'il avait
pris pour un grand oiseau sur le point de s'envoler.

VUE DE NORMANDIE

Les souvenirs — comme les plantes — « prennent » dans certaines terres, dépérissent et disparaissent dans d'autres. Depuis trente ans que je passe une partie de la belle saison dans cette pluvieuse et grasse Normandie, de combien d'heures ardentes ou désolées, ou simplement attentives, émerveillées ou de pure contemplation, n'ai-je pas nourri ces herbages, ces vergers, ces vallons bocagers, ces falaises, ces rivages ? Et pourtant, c'est trop peu dire qu'il ne reste presque rien de cette vie passée. Alors que telle ville souabe, telle hauteur de la Forêt-Noire, tel hameau bourguignon, telle plage bretonne, tel lac suisse me submergent d'images et d'émotions dès que je retombe sous leur charme — au point que je dois sans cesse lutter contre la tentation de maniaques pèlerinages vers ces lieux bénis —, ici pas une trace, pas une relique, pas un fantôme. Les jours passés tombent dans cette herbe haute et s'y perdent à jamais, absorbés sans reste par cette terre avide et généreuse. La prairie normande agit comme une tunique stomacale, chaque graminée comme une papille digestive, dissolvant la pomme blette, la feuille sèche, l'oiseau mort, le nid tombé avec sa fragile cargaison d'œufs mouchetés, la poupée oubliée, les larmes, les rires, les souvenirs. Seuls les déserts peuvent conserver pendant des millénaires bijoux, pains d'épeautre et vierges momifiées. Chaque année, la puissante Normandie efface tout et recommence, et nous entraîne malgré nous vers l'avenir, vers des aventures neuves, vers une jeunesse verte. Dès lors comment ne pas se sentir en froid avec cette province trop riche pour cultiver le souvenir, trop saine pour s'attarder au regret ? Mais comment aussi ne pas revenir à elle pour nous laver de nos rêves et pour prendre avec elle le parti de vivre ? Rebutante et revigorante Normandie !

DOUCEURS ET COLÈRES
DES ÉLÉMENTS

L'homme forme avec la nature un très vieux couple, indissolublement uni, bien qu'assez orageux. Au commencement, l'homme démuni de tout, menacé de toutes parts, n'était que le plus faible et le moins adapté des animaux. C'est que sa vocation — ce qui le distingue parmi les autres vivants — consiste à adapter la nature à ses besoins au lieu de s'adapter à elle. Contre le froid l'animal a sa fourrure. L'homme construit sa maison et la dote d'un chauffage. Il crée ainsi un minuscule microclimat où il s'épanouit de bien-être.

Mais à mesure que sa puissance augmente et conjure la menace des éléments naturels, une nostalgie immémoriale lui fait regretter les temps héroïques de sa nudité et de sa faiblesse. A force de s'entourer de décors et de nourritures artificiels, il lui vient une nausée de l'humain, et il se prend à rêver d'intempéries et de météores qui sont comme autant d'incursions du ciel dans sa vie. Certains sports — que l'on pourrait qualifier d'*élémentaires* — n'ont pas d'autre raison d'être. La nage en mer et le voilier, le ski, l'alpinisme, le vol à voile nous retrempent aux sources originelles de notre histoire, voire de notre préhistoire, et il n'est pas jusqu'à l'équitation qui nous restitue le chaud contact de l'animal hors duquel nos ancêtres n'auraient pu survivre.

Les éléments sont tous nourriciers. La terre donne ses récoltes et ses minerais, la mer ses poissons, le feu cuit la soupe, et l'air emplit nos poumons.

Mais ces rassurantes fonctions pèsent de peu de poids en regard des forces colossales qu'ils peuvent déchaîner. Il y a dans l'orage ou la tempête une majesté cosmique doublée d'une inaltérable innocence qui leur donne une dimension sacrée. Les « héros élémentaires » de notre temps — Éric Tabarly, Paul-Émile Victor, Haroun Tazieff — font figure d'intercesseurs entre le commun des hommes, parmi lesquels ils ont un pied, et l'empire redoutable des mers, des glaces ou des volcans où ils ont l'autre pied. Et que dire du spéléologue Michel Siffre qui s'engloutit des semaines entières dans la nuit des gouffres, réalisant ainsi une expérience effrayante d'inhumation vivante ? En le voyant s'exhumer, tremblant et pleurant d'émotion et de fatigue, je pensais à Lazare sortant de son tombeau, et aussi à une racine végétale, parce qu'elle est le symbole à la fois de la vie et de la mort.

Cette dimension métaphysique des forces élémentaires prend une signification vengeresse dans leur déchaînement brutal. Le Déluge universel, le feu de Sodome et Gomorrhe, les plaies d'Égypte manifestèrent le bras d'un Dieu courroucé par la mauvaiseté des hommes. Cette signification n'est pas perdue. Lorsque, le 14 avril 1912, le steamer *Titanic*, heurté par un iceberg, coula avec quinze cents personnes, il se trouva des penseurs prophétiques pour célébrer cette salutaire revanche de la nature bafouée contre l'homme. Quelques années auparavant, le 4 mai 1897, l'incendie du *Bazar de la Charité*, où périrent nombre de femmes de la haute société, avait été salué comme un miracle par Léon Bloy, l'homme « qui proférait l'absolu dans un clairon d'or » :

Ce mot de Bazar accolé à celui de Charité ! Le Nom terrible et brûlant de Dieu réduit à la condition de génitif de cet immonde vocable !!! Tant que le Nonce du Pape n'avait pas donné sa bénédiction aux belles toilettes, les délicates et voluptueuses carcasses que couvraient ces belles toilettes ne pouvaient pas prendre la forme noire et horrible de leurs âmes. Jusqu'à ce moment, il n'y avait aucun danger.

Mais la bénédiction indiciblement sacrilège de celui qui représentait le Vicaire de Jésus-Christ, et par conséquent Jésus-Christ lui-même, a été où elle va toujours, c'est-à-dire au Feu, qui est l'habitacle rugissant et vagabond de l'Esprit-Saint !

Alors, immédiatement, le FEU a été déchaîné, et TOUT EST RENTRÉ DANS L'ORDRE.

L'ARBRE
ET LE CHEMIN

Si vous regardez bien un paysage — ses coteaux, ses bois, ses maisons, mais aussi ses rivières et ses routes —, vous verrez que son harmonie dépend d'un subtil équilibre entre ses masses sédentaires et ses voies de communication. Et cela en l'absence même de l'homme, car ce jeu entre ce qui bouge et ce qui demeure n'a nul besoin d'un coureur ou d'un dormeur pour se jouer. Les choses suffisent.

Donc, parmi ces choses, certaines sont neutres, pouvant être aussi bien parcourues que fixées par l'œil du spectateur. Telles sont la colline, la vallée, la plaine. Là, chacun peut mettre ce qu'il veut de dynamisme et de stabilité. D'autres sont par leur nature même enracinées, et ce sont l'arbre et la maison principalement. D'autres enfin sont animées d'un dynamisme plus ou moins impétueux, et ce sont chemins et rivières.

Or il s'en faut que cet équilibre soit toujours réalisé, ou que, l'ayant été, il demeure. Un phare planté au milieu des récifs battus par les flots, une forteresse juchée sur un roc inaccessible, une hutte de bûcheron

enfouie dans les bois sans voie d'accès visible s'entourent fatalement d'une atmosphère inhumaine où l'on
pressent la solitude, la peur, voire le crime. C'est qu'il
y a là trop de fixité, une immobilité presque carcérale
qui serre le cœur. Le conteur qui veut faire frémir
d'angoisse sait tirer profit de ces paysages fermés que
n'irrigue pas une sente ou une route.

Mais le déséquilibre inverse n'est pas moins grave, et
c'est celui que fait naître sans cesse la vie moderne. Car
il y a dans les villes deux fonctions, l'une primaire
d'habitation, l'autre secondaire de circulation, et on
voit aujourd'hui partout l'habitation méprisée, sacri-
fiée à la circulation, de telle sorte que nos villes,
privées d'arbres, de fontaines, de marchés, de berges,
pour être de plus en plus « circulables », deviennent de
moins en moins habitables.

La matière même dont le chemin est fait joue son
rôle tout autant que sa largeur. En remplaçant dans un
village une chaussée empierrée ou un chemin de terre
par une route goudronnée, on ne change pas qu'une
couleur, on bouleverse la dynamique de la vision et la
conscience de ce village. Parce que la pierre ou la terre
sont des surfaces rugueuses et rêches, et surtout
perméables, l'œil se trouve retenu, le regard arrêté et,
grâce à cette perméabilité, mis en relation avec les
profondeurs souterraines. Tandis que le ruban parfaitement lisse et imperméable de l'asphalte fait glisser
l'œil, déraper le regard, et le projette vers le lointain,
vers l'horizon. Les arbres et les maisons, sapés dans
leurs assises par la route-anguille, paraissent vaciller
comme au bord d'un toboggan. C'est pourquoi on ne
fera jamais assez l'éloge du vieux gros pavé de granit. Il

allie paradoxalement à une rondeur et à un poli indestructibles un individualisme absolu, créateur d'irrégularité et d'interstices herbus qui sont une joie pour l'œil et l'esprit... à défaut d'en être une pour les roues.

Car, il faut en convenir, l'un des petits drames de notre civilisation, c'est que la roue et le pied ont des exigences incompatibles. La roue veut la planitude et l'adhérence d'une piste caoutchoutée. Elle déteste enfoncer, cahoter et surtout déraper. Le pied s'en accommode, et même les glissades peuvent l'amuser. Mais ce qu'il aime surtout, c'est faire crisser un sol légèrement sablonneux ou graveleux, et y enfoncer un peu — pas trop — comme sur une moquette. Il ne veut pas rebondir durement sur une surface incompressible. Un peu de poussière au soleil, un peu de boue quand il pleut font partie de la qualité de la vie.

LE FROID ET SES VERTUS

Saint-Moritz, dominé par les sommets glaciaires du massif de la Bernina, est l'un des hauts lieux du ski alpin. A quelques kilomètres au sud-ouest, les deux lacs de Silvaplana et de Sils Maria appartiennent depuis quelques années aux pratiquants du ski de fond.

Cette spécialisation en ski alpin et ski de fond ou nordique serait outrancière si, dans nombre de stations, le bon vieux ski de randonnée, avec ses brodequins montagnards et ses peaux de phoque, ne conservait ses adeptes. Car le nouveau skieur alpin, traînant à chaque pied un attirail lourd et raide comme bronze, est bien incapable de marcher un peu longuement et surtout de grimper par ses propres moyens. Totalement tributaire du remonte-pente électrique, il ne fait que gérer, au mieux des accidents du terrain, l'énergie potentielle qu'il lui doit.

Qui veut connaître les vertus du froid dominé par un effort athlétique s'élance dès le matin sur l'aire poudrée de neige des grands lacs gelés. Chaussé à la légère, les pieds ailés de petits skis fins et sans carres, le skieur de fond vole sur la surface parfaitement plane et

blanche. Le vent qui s'engouffre dans la vallée lui
taillade le visage, lui broie les mains, lui brûle les
narines et la gorge. Sous là poussée de ses bâtons, sous
ses pas légers, la glace retentit avec une sonorité
glauque, et deux mètres plus bas son passage fait
éclater des éventails de petits poissons. Il ne doit sa
vitesse qu'à son effort musculaire que se partagent
presque à égalité ses bras et ses jambes. C'est un sport
total, d'une rigueur et d'une efficacité exaltantes.

Oui, les vertus du froid et de l'effort ! Nous sommes
bien loin ici des plages lascives, du sable voluptueux,
de la vague tiède et facile. L'été est la saison de la chair.
Sur l'hiver souffle un vent rigoriste, et le discours qu'il
me tient aux oreilles n'a rien de permissif. Le froid est
une leçon de morale. Il châtie durement la nudité — et
jusqu'à celle du bout de mon nez...

Pourtant la morale de Sils se respire sur les sommets. Elle n'a rien de commun avec la morale des
cloportes qui règne sur les villes basses, noires et
pluvieuses. Son haleine pure et glacée n'est pas la
respiration fétide de la Bête Pudibonde dont le mufle
blême veille à la porte des cinémas.

L'esprit de Sils possède son temple. C'est à Maria, la
petite maison — écrasée aujourd'hui entre deux hôtels
— où Frédéric Nietzsche séjourna régulièrement entre
1881 et 1888. C'est là — « à six mille pieds au-dessus
des hommes » — qu'il rencontra pour la première fois
ses deux doubles, Zarathoustra et Dionysos. C'est là
que pendant sept ans, brisé par la maladie, courbé par
la souffrance, à demi aveugle, les tempes martelées par
des névralgies torturantes, il promulgua le nouvel
évangile de la Grande Santé. A l'écoute de son ombre,

le voyageur dépêchait inlassablement vers les hommes les préceptes du gai savoir. Écoutez-moi ! J'ai fait une découverte merveilleuse, gaie de surcroît ! Il n'y a de vérité que légère et chantante. La pesanteur est du diable. Il n'y a de dieu que dansant et riant sur la surface des grands lacs alpins…

Il tâtonnait sur ces rivages, ivre de lumière et de douleur, le cerveau brûlé par des évidences fulgurantes.

Mais, lorsqu'il pleurait, c'étaient des larmes de joie.

LE TEST DE L'ARBRE

Le test de l'arbre. Pour déceler la psychologie du « sujet », on lui demande de dessiner un arbre. C'est là que commence le suspens, car il n'y a pas deux arbres identiques, aussi bien dans la nature que sur le papier.

Commençons par les racines. Certains « sujets » omettent purement et simplement de les dessiner. Si on leur fait remarquer leur oubli, ils répondent que l'arbre cache ses racines dans la terre et qu'il ne faut pas faire comme l'enfant qui n'oublie pas de dessiner le nombril du bonhomme habillé qu'il dessine. On peut se satisfaire de cette explication. Mais on peut également définir la nature de la racine, élément nocturne, tellurique, qui assure obscurément à l'arbre à la fois sa nourriture et sa stabilité. Gaston Bachelard allait encore plus loin et voyait dans la racine une étrange synthèse de la vie et de la mort, parce que, inhumée comme un défunt, elle n'en poursuit pas moins sa puissante et secrète croissance.

On comprend dès lors que s'il y a des hommes-racines, qui dans leur dessin privilégient le niveau souterrain de l'arbre, d'autres s'en détournent au contraire instinctivement.

Sans doute accorderont-ils leur préférence au tronc. C'est l'élément vertical de l'arbre, celui qui symbolise l'élan, l'essor, la flèche dressée vers le ciel, la colonne du temple. L'homme d'action doué d'une dimension spirituelle se reconnaît dans cette partie de l'arbre. Il y a autre chose. Le tronc ne fournit pas seulement le mât du navire. C'est lui qui donne le bois, matériau de la planche, de la poutre, du billot. Sa couleur, ses lignes, ses nœuds et même son odeur parlent puissamment à l'imagination.

Mais toute une catégorie d'hommes et de femmes ne se reconnaissent que dans les branches horizontales et leur feuillage. C'est le poumon de l'arbre, les mille et mille ailes qui battent comme pour s'envoler, les mille et mille langues qui murmurent toutes ensemble quand un souffle de vent passe dans l'arbre. Au demeurant, *ramage* signifie à la fois chant et entrelacs de rameaux.

Ainsi chaque arbre rassemble les images des trois grandes familles humaines : les métaphysiciens, les hommes d'action et les poètes. Et il nous apprend en même temps qu'ils sont solidaires, car il ne peut y avoir de frondaison sans tronc, ni de tronc sans racine.

SAISONS

Elles sont notre tourment et notre salut. Mauvaise saison. Pluie, froid, nuit et brouillard. Mais la terre labourée a un besoin vital d'une forte gelée pour demeurer fertile et saine...

Après un séjour au Gabon — où l'on baigne douze mois sur douze dans la même touffeur, où chaque arbre fleurit, fructifie et perd ses feuilles selon son rythme personnel et indépendamment des autres, où chaque jour de l'année le soleil se lève et se couche à la même heure — on apprécie au retour l'ordre de la grande horloge saisonnière, malgré ses rudesses.

Et puis il y a les fêtes. Paul Valéry se demandait quelles pouvaient être les chances de réussite du christianisme dans les pays où le pain et le vin sont ressentis comme des produits exotiques. C'est encore plus vrai des pays dont les saisons ne sont pas les nôtres.

25 mars, Annonciation. L'acte d'amour divin par lequel Marie est fécondée par l'Esprit se situe au seuil du printemps. Pâques, fête de la Résurrection de Jésus, prend place au moment où la vie sortant du tombeau

de l'hiver, éclate à nos fenêtres. Fête-Dieu dans l'épanouissement floral de juin. Veillée de Noël aux nuits les plus longues de l'année, etc.

Mais c'est surtout la célébration de la beauté physique de Jésus qui tombe admirablement le 6 août. Ce jour-là, Jésus, accompagné de Pierre, Jacques et Jean, gravit le mont Thabor, et là soudain il se révèle à eux dans toute sa divine splendeur. « Son visage resplendit comme le soleil », dit Matthieu. Plus discret et plus mystérieux, Luc écrit : « Pendant qu'il priait, l'aspect de son visage devint autre. » La joie qui rayonne sur les témoins est si vive, que Pierre naïvement propose de dresser des tentes sur place et de rester là pour toujours. Combien de fois n'avons-nous pas rêvé en effet dans un musée, devant un chef-d'œuvre, de ne plus partir, de demeurer toujours dans le rayonnement chaleureux de la beauté ?

Or cette fête de la Transfiguration est célébrée le 6 août de l'an. On ne pouvait mieux choisir. Qu'est-ce donc que le 6 août ? C'est le sommet de l'été. Après cette date il ne peut que ravaler. La beauté a atteint son zénith. Tout le monde est en vacances. On est arrivé depuis une semaine maintenant. Les corps bronzés sentent bon le sel et le sable. La nudité a repris ses droits. C'est la grande fête de la chair réhabilitée, arrachée aux ténèbres paléotestamentaires des vêtements et rendue à l'innocence adamique de l'air et du soleil.

Livres

Les taches brunes sur les pages des vieux livres ne sont peut-être que la trace des postillons des lecteurs qui lurent ces livres à haute voix. Trace de l'oral sur l'écrit.

RÉPONSE

Pourquoi écrivez-vous ? A cette question Balzac a, je crois, répondu : pour être riche et célèbre. D'autres répondent au contraire : parce que c'est un acte nécessaire à mon équilibre psychique, et j'écrirais même si je ne devais pas être publié.

Ce sont les deux réponses extrêmes. Je dirai quant à moi : pour être lu. Je me considère comme un artisan en chambre façonnant cet objet manufacturé, destiné à être mis sur le marché : un livre. Le livre est une création, et cette création comporte un premier et un second degré.

Au premier degré, j'invente une histoire et des personnages.

Au second degré, le lecteur s'en empare et poursuit cette création pour la faire sienne.

Et comme toute création entraîne joie, il y a pour moi double joie : celle de créer et celle de susciter une cocréation chez mes lecteurs. J'allume un feu en moi qui me donne chaleur et lumière. Mais aussi, je le répands, et j'observe les millions de petites flammes tremblantes sur toute la terre que font mes livres dans les esprits et dans les cœurs.

A Monteux (Gard), j'ai visité la fabrique de feux d'artifice Ruggieri. Dans des petites baraques légères comme des plumes — prêtes à s'envoler sans dommage à la moindre explosion — j'ai vu d'étranges chimistes mêler dans des tubes des poudres multicolores, lesquelles allaient devenir plus tard, très loin d'ici, fusées, feux de Bengale, soleils, bouquets de lumière. Un écrivain, selon moi, c'est un peu ça.

QUAND LES MAINS
SAVENT LIRE[1]

Il y a un miracle dont je suis plusieurs fois par jour
le témoin et l'acteur, et auquel cependant je ne
parviens pas à m'accoutumer : c'est le miracle de la
lecture. On me donne un paquet de feuilles de papier
noircies de signes. Je les regarde, et voici la merveille :
surgissent dans mon esprit des seigneurs et des belles
dames, un château, un parc admirable peuplé de
statues et d'animaux rares. Se déroulent des histoires
haletantes, drôles ou touchantes, si bien que j'ai peine
à retenir mes frissons, mes rires ou mes larmes. Et
toutes ces apparitions n'ont pas d'autre source que ce
papier noirci. Quel paradoxe !

Ces apparitions n'ont-elles vraiment d'autre source
que ce papier noirci ? Il y a lieu, à la réflexion, d'en
douter. Et moi alors ? Et moi, le lecteur ? Car cette
fantasmagorie qui se déploie dans mon esprit par le
miracle de la lecture, elle est l'œuvre autant de mon
esprit justement que du texte écrit. Oui, je crois qu'un

1. A propos de l'édition de *Vendredi ou la vie sauvage* en
alphabet braille.

livre a toujours deux auteurs : celui qui l'a écrit et celui qui le lit. Un livre écrit, mais non lu, n'existe pas vraiment. C'est un être virtuel qui s'épuise dans un appel au lecteur, comme une graine ailée vole éperdument au gré du vent jusqu'à ce qu'elle tombe dans un creux de bonne terre où elle pourra enfin devenir elle-même, c'est-à-dire feuille, fleur et fruit.

Mais si la lecture ordinaire est un miracle, que dire de la lecture d'un texte en braille par un aveugle ? Cette sorte particulière de lecture possède pour moi une face de mystère insondable, mais aussi un aspect charmant et rassurant. Le mystère, c'est celui de l'image mentale que se forme un non-voyant à partir des mots. J'évoque un paysage, un visage, un corps. Comment cela se reformera-t-il dans l'esprit du lecteur en l'absence de tout matériel de lignes et de couleurs emprunté à l'expérience ?

Mais il y a à l'inverse dans la lecture d'un texte en braille quelque chose qui m'est cher et tout à fait familier : toucher un livre. J'ai toujours été très attentif à la façon dont les uns et les autres manipulent les livres. Certains les empoignent comme de vulgaires objets. On dirait qu'ils vont les assommer. Ils sont en tout cas totalement insensibles à l'aura spirituelle qui entoure le moindre écrit. D'autres, au contraire, les manipulent avec un respect craintif, presque peureux, comme s'il s'agissait de grenades dégoupillées qui menaceraient d'exploser à tout instant. Et que dire de ce geste épouvantable : mouiller son doigt pour mieux (?) tourner les pages ! Rare est la familiarité de bon aloi qui fait qu'on saisit, ouvre, feuillette, referme un livre avec une désinvolture apparente qui recouvre un grand amour et une longue habitude.

Or si le spectacle d'une bonne et heureuse manipulation d'un livre a de quoi réjouir le cœur d'un écrivain, c'est bien autre chose encore de voir certains lire avec leurs doigts ! Toucher les mots, effleurer les métaphores, palper la ponctuation, tâter les verbes, prendre une épithète entre le pouce et l'index, caresser toute une phrase... Comme je comprends bien cela ! Comme je comprends bien qu'un livre puisse devenir quelque chose de semblable à un petit chat ronronnant sur mes genoux, et que mes mains parcourent avec une tendresse attentive !

C'est que nous vivons dans un monde où l'image visuelle envahit tout par la photo, le cinéma, la télévision. En même temps, on jette sur les sens du contact immédiat — le toucher, le goût, l'odorat — une condamnation absurde qui appauvrit affreusement notre vie. « Ne touche pas ! » L'odieuse recommandation qui a empoisonné notre enfance se prolonge dans une société où font la loi les « déodorants » (un des mots les plus hideux du franglais), et où s'étalent des femmes en papier inabordables et des expositions de jouets et de bijoux derrière d'incassables vitrines.

Alors voici ce que je me propose de faire, maintenant qu'aux traductions en dix-neuf langues étrangères de mon livre s'ajoute cette édition en braille. J'ai l'intention d'aller trouver mes nouveaux lecteurs et de leur demander : vous dont les mains savent lire, montrez-moi ce qu'elles ont trouvé dans ces pages.

En vérité cette question ne sera que la première, et comme une timide préparation à une autre question, combien plus grave et plus profonde : vous qui n'êtes pas constamment éblouis par des spectacles, aveuglés par des flashes, sidérés par des illuminations, dites-moi ce que vous savez. Apprenez-moi la pure et douce sagesse des livres effleurés et des choses caressées.

MUSIQUE

On pourrait presque parler de fatalité. On est musicien et on se consacre à la musique dans ma famille de père en fille, et plus encore de mère en fils. Mon père a créé le B.I.E.M. (Bureau des éditions musico-mécaniques), mon frère Jean-Loup — qui dirige la S.A.C.E.M. (Société des auteurs et compositeurs de musique) donne des récitals de flûte. Mon autre frère, Gérard, a créé sous son nom une maison d'édition de musique de variété. Ma sœur Janine a été secrétaire de direction aux éditions de musique classique Leduc. Moi seul, tenu à l'écart de toute culture musicale par une mystérieuse malédiction, je n'ai jamais touché un instrument, je ne sais pas lire une note. Par une sorte d'aberration, j'ai dû chercher ma voie dans la littérature.

Et pourtant… La musique, c'est trop peu dire que je l'écoute depuis plus d'un demi-siècle. Elle est partie intégrante de ma vie. Elle s'incorpore d'une façon ou d'une autre à tout ce que je suis, pense, écris. Mais de quelle façon précisément ?

Donc je l'écoute tous les jours, toutes les nuits

surtout, et de plus en plus à mesure que, les années passant, mon sommeil se raréfie. J'ai salué l'apparition des « Walker » qui se commandent du fond d'un lit plus facilement qu'un tourne-disque, puis la naissance en F.M. d'émetteurs qui diffusent de la musique toute la nuit (Radio-classique et Radio-Notre-Dame). Et je me dis parfois : de ces heures innombrables passées en compagnie de J.-S. Bach ou de Claude Debussy, que reste-t-il ? Il est clair qu'une pareille somme de temps consacrée à quoi que ce soit d'autre — chinois, astronomie, dominos ou prestidigitation — aurait fait de moi un maître en cette spécialité. Alors où en est le fruit ? A quoi ont servi toutes ces heures d'audition ? En quoi par exemple une œuvre littéraire gagne-t-elle à la présence de la musique ?

Il y a certes une manière de rivalité entre la musique et les lettres. L'éclat de l'œuvre musicale de Wagner doit beaucoup aux écrits qui l'entourent (Nietzsche et Wagner lui-même). Mais dès la génération suivante, Paul Valéry évoquait les concerts Lamoureux donnés en 1893 dans la rotonde du Cirque d'Été, et il ajoutait : « Sur une banquette du Promenoir, assis à l'ombre et à l'abri d'un mur d'hommes debout, un auditeur singulier, qui, par une faveur insigne, avait ses entrées au Cirque, Stéphane Mallarmé, subissait avec ravissement, mais avec cette angélique douleur qui naît des rivalités supérieures, l'enchantement de Beethoven ou de Wagner. Il protestait dans ses pensées, il déchiffrait aussi en grand artiste du langage ce que les dieux du son pur énonçaient et proféraient à leur manière. Mallarmé sortait des concerts plein d'une sublime jalousie. Il cherchait désespérément à trouver les moyens de reprendre pour notre art ce que la trop puissante musique lui avait dérobé de merveille et d'importance.

Les poètes avec lui quittaient le Cirque éblouis et mortifiés. »

Cette dernière phrase doit être prise à la lettre des trois mots clefs : poètes, éblouis, mortifiés. (Éblouis, c'est-à-dire aveuglés par la lumière.) Les poètes, sans doute, mais les prosateurs ? Si Mallarmé était aveuglé et mortifié par le Ring wagnérien, l'anti-Mallarmé par excellence, Émile Zola, n'aurait-il pu trouver dans l'épopée wagnérienne une construction qui pouvait servir de modèle aux Rougon-Macquart ? Autrement dit, si le poète est ébloui et mortifié, le romancier, lui, n'est-il pas au contraire *éclairé* et *vivifié* par l'exemple musical ? Parce qu'elle est trop proche de la poésie, la musique risque de la tuer. C'est le danger des poèmes mis en mélodies et qui tournent à la cacophonie. Victor Hugo s'insurgeait : « Défense de déposer de la musique le long de mes vers ! » Mais pour le romancier, elle peut constituer un modèle et devenir la cible d'une ambition infiniment lointaine, mais peut-être pas inaccessible. Écoutant l'allegretto de la 7e symphonie de Beethoven ou le premier mouvement du quatuor de Ravel, il est en droit de se dire : « Voilà, c'est exactement cette histoire-là qu'il faudrait raconter. »

La musique raconte-t-elle une histoire ? Sans doute, et de la façon la plus pure et la plus rigoureuse qui soit. Quant à moi, le romancier que je suis est sensible avant toute chose dans la musique à cette pureté et à cette rigueur narrative. Il y aurait là matière à une analyse hautement instructive, mais qui demanderait plus de temps et d'espace qu'il ne nous en est imparti. Disons brièvement que le « récit musical » ignore l'accident, le hasard, l'agression des « circumdata », l'intervention d'un « deus ex machina ». Dans le mouvement musical, tout découle nécessairement de ce qui précède. S'il y a *deus*, c'est toujours *in* machina.

C'est ainsi que l'un des ressorts principaux de la dynamique musicale est la création d'une absence, d'une présence en creux, d'un besoin de plus en plus impérieux de ce qui va suivre, de telle sorte que ce qui suit en effet éclate avec une évidence bouleversante. Cette phrase qui arrive enfin, si elle s'épanouit aussi souverainement et nous submerge de bonheur, c'est parce que depuis de longues minutes, les accords et les développements creusaient en nous la soif de l'entendre. Ils faisaient de nous le lit desséché où ce fleuve de musique va s'élancer et rouler ses eaux limpides.

Cette technique du « dessin en creux » anticipant la suite du roman et l'appelant impérieusement, il serait intéressant d'en chercher des exemples — ils abondent — dans la littérature classique. Je l'ai moi-même tentée dans *Le Roi des Aulnes*. Tout le premier tiers se situe en France avant qu'éclate la 2e Guerre mondiale. Mon héros, Abel Tiffauges, mène une vie éteinte et en quelque sorte de vagabondage immobile. En fait, je me suis attaché à montrer en lui tous les germes qui s'épanouiront ensuite à la faveur de la guerre, de la captivité, du climat de l'Allemagne nazie. Chaque ligne de cette première partie appelle impérativement d'autres lignes qui viendront plus tard, parfois à la fin de la dernière page du récit.

P.-S. Comment finir un roman ? Par quelle phrase, par quel mot ? On songe à de grands exemples classiques. Flaubert notamment. *Madame Bovary* « Il vient de recevoir la croix d'honneur ». *Hérodias* « Comme elle était très lourde, ils la portaient alternativement ». *L'Éducation sentimentale :* « Oui, peut-être bien, c'est là ce que nous avons eu de meilleur ! dit Deslauriers. » Il y a là quelque chose de parfait, d'absolu, qui impose le silence. Curieusement, la musique paraît offrir de bien plus grandes difficultés au compositeur qui veut « conclure ». Les modernes s'en tirent avec un coup de hache qui heurte et laisse l'auditeur ahuri. Sans doute ont-ils tiré la leçon des finales beethovéniens. En vérité les dernières mesures des symphonies et des concertos de Beethoven ont quelque chose d'extrêmement comique. Il voudrait arrêter sa musique. Il ne peut pas, elle refuse de s'arrêter. Il freine, en vain. Il lui assène des accords qui ressemblent à autant de coups de bâton sur la tête. La bête tombe. On croit que c'est fini. Non ! Elle se relève et ça repart. Il faut recommencer. Il y a là-dedans de la mise à mort bâclée.

ÉVANGILE

... Et tous l'abandonnèrent et prirent la fuite. Or un jeune garçon le suivait, enveloppé d'un drap sur son corps nu, et les soldats l'arrêtèrent. Mais il lâcha le drap et s'enfuit nu de leurs mains (Évangile selon saint Marc, XIV, 51).

Ce jeune garçon, c'était toi, Marc, et c'est pour cela que tu es le seul évangéliste à rapporter cet épisode discrètement érotique et humoristique du moment le plus tragique de la vie de Jésus, son arrestation au Jardin des Oliviers. Tous les autres ont fui, et, jeune garçon nu sous un drap, tu demeures seul avec Lui... Pour le reste, tu nous laisses le soin, deux mille ans plus tard, d'imaginer le comment, le pourquoi. Donc tu étais le seul des douze qui habitât Jérusalem. Ta maison était même à proximité du Jardin des Oliviers. Les onze et Jésus ayant décidé de nuiter dans leur manteau, sous les arbres, toi, tu regagnes ta chambre. Mais voici qu'au milieu de la nuit, tu es éveillé par le piétinement d'une troupe sous ta fenêtre. Il y a des cliquetis d'armes, des torches font danser des lueurs fantasques au plafond. Tu te précipites à ta fenêtre. La troupe envahit le jardin. Tu penses à tes camarades, à l'Ami Suprême que tu suis depuis des années. Sans prendre le temps de t'habiller, tu t'enveloppes dans l'un des draps de ton lit, et tu te jettes dehors. La suite, tu l'as racontée.

Reste le lit déserté, bouleversé, labouré de plis, sculpture molle qui garde le souvenir en creux de tes rêves et de tes angoisses en cette nuit tragique du premier Vendredi Saint de notre ère.

P.-S. Je montre ces lignes à K. F. qui sait le grec moderne. Il m'objecte que les « lits » du temps de Jésus-Christ ne ressemblaient certainement pas aux nôtres, et que parler à leur propos de « draps » est sans doute anachronique. Je consulte le texte grec original. Le mot employé est *sindona* pour lequel le Bailly donne : *voile de lin, mousseline, laine fine,* mais pas *drap.* Pourtant K. F. me dit que c'est le mot employé aujourd'hui par les Grecs pour *drap.*

Mort

Il me dit : « Ma mère est morte depuis vingt ans. Or non seulement je l'aime toujours, mais elle continue aussi à m'aimer. C'est ainsi que je survis. »

LA BELLE MORT

Aux dernières personnes qui lui demandaient de ses nouvelles, Henry de Monfreid répondait : « Je suis furieux. Je suis en train de mourir, et pourtant je n'ai absolument rien ! » Cette plainte du vieil homme traduisait une idée assez récente, je crois, mais qui paraît s'être imposée partout : pour mourir, il faut avoir « quelque chose ». La mort ne peut être que l'effet d'une atteinte extérieure accidentelle, imprévue, non programmée, fortuite et donc évitable.

C'est que la mort a été expulsée des bons usages de la société. Autrefois l'homme qui allait mourir le savait. Il réunissait sa famille, prononçait des mots profonds, comme dans une fable de La Fontaine ou un tableau de Greuze. Aujourd'hui, on vous emporte dans une clinique où, hérissé de tubes et de seringues, vous végéterez en bocal aussi longtemps qu'il plaira aux hommes en blanc. Jules Romains nous avait pourtant avertis dans son *Docteur Knock*. La médecine, dans sa volonté de puissance, a pris possession de notre mort. Et pas seulement de notre mort, mais aussi de notre naissance et de nos amours. Au chevet de l'homme qui naît, de l'homme qui aime, de l'homme qui meurt, un médecin veille. Comme si la naissance, l'amour et la mort — ces trois grandes articulations de la vie — étaient des accidents fâcheux, des maladies qui se soignent. « En somme, docteur, disait Forain, je meurs guéri... »

Mais le mot de Monfreid va plus loin pourtant que celui de Forain. Si on avait répondu au vieux flibustier que, n'ayant rien, il mourait en somme de sa « belle mort », il aurait peut-être protesté qu'une belle mort pour lui aurait dû avoir lieu, non dans son lit parisien, mais à bord d'un boutre de la mer Rouge, sous la sagaie d'un Somali trafiquant de haschisch. Cela revient à dire qu'une mort parfaite doit ressembler à la vie qu'elle couronne comme son ultime achèvement. Il n'en manque pas d'exemples. La tauromachie nous fournit le plus parfait. Ses adversaires n'ont sans doute jamais regardé un « toro ». C'est une bête splendide, une force brute, lâchée dans le cercle de lumière, qui fonce comme la foudre sur tout ce qui bouge. Fauve de grand luxe, il a été sélectionné en fonction d'un critère d'agressivité par des biologistes hautement spécialisés, élevé dans des grasses *ganaderías* de plus de mille hectares, transporté à grands frais jusqu'à la « plaza ». Sa vie opulente s'épanouit, au terme d'une trajectoire de quatre à six ans, dans ce dernier quart d'heure qui lui donne son sens. Supprimer les corridas, ce serait du même coup supprimer le taureau, ce chef-d'œuvre de l'art et de la vie, aussi sûrement qu'on ferait disparaître le cheval pur-sang en interdisant les courses hippiques.

Pour revenir à l'homme, André Maurois racontait avec admiration la fin d'un prestidigitateur fameux. Il terminait son numéro par ces mots : « Et maintenant, mesdames et messieurs, je vais m'escamoter moi-même. » Puis il s'enveloppait dans sa cape et disparais-sait... dans une trappe. Un jour on le trouva inanimé, la nuque brisée par le bord du plancher. Les magazines à sensation s'intéressèrent jadis à un menuisier de village. Il avait consacré des années à son chef-d'œuvre : une guillotine. Mais pas n'importe quelle guillotine, un objet d'art, véritable pièce d'ébénisterie fine. Un soir, après un suprême peaufinage, il engagea sa tête dans la lunette et appuya sur le bouton. Il faudrait réserver une place parmi les causes de suicide à la force de persuasion qui émane d'un instrument de mort du seul fait de sa perfection technique ou artistique. Pas plus qu'on ne peut se retenir de goûter à certains gâteaux ou de faire l'amour avec certains corps, on ne saurait refuser à certains poignards, à certains pistolets, l'acte qu'ils appellent de toute leur admirable forme [1].

La vie a partie liée avec la mort, et la psychanalyse a tort de prétendre opposer *Éros* et *Thanatos* comme deux pulsions diamétralement opposées. Comme si on ne mourait pas d'amour ! Et Tristan ? Et Roméo ? Mais la plus belle mort d'amour fut sans doute celle de Heinrich von Kleist et d'Henriette Vogel. L'auteur du *Prince de Hombourg* ne concevait pas de s'unir à une femme autrement que dans la mort. Il chercha une

---

1. L'une des victimes de cette « persuasion instrumentale » fut le bourreau américain John C. Woods qui pendit les condamnés du procès de Nuremberg en 1946. Quatre ans plus tard, il s'électrocu-tait lui-même en « essayant » une nouvelle chaise électrique. On ne saurait pousser plus loin la conscience professionnelle.

compagne pour ce grand voyage. Il la trouva.
C'était Henriette. Ils arrivèrent le 20 novembre
1811 dans une auberge située au bord du lac de
Wannsee, près de Potsdam. Toute la nuit, ils écrivi-
rent à leurs parents et amis. Le matin, ils se firent
servir le café au bord de l'eau, dans la brume d'un
automne glacé. Puis il se tira une balle dans la
bouche après avoir tué son amie d'une balle en
plein cœur. On possède d'elle la plus belle lettre
d'amour qui fut jamais écrite. C'est une longue
litanie où reviennent sans cesse des allusions à son
prochain départ avec Kleist. Elle l'appelle : « Mon
crépuscule, mon échelle céleste, mon feu follet,
mon encens et ma myrrhe, mon ombre à midi,
mon agneau pascal tendre et blanc, mon beau
navire, ma Porte du Ciel... »

Plus simple et non moins noble fut la fin de la
princesse Marthe Bibesco. Je l'ai bien connue quand
nous habitions l'île Saint-Louis, moi dans une cel-
lule de trois mètres sur deux, elle dans un admirable appartement à la proue de l'île dont les fenêtres
ne voyaient que la Seine et Notre-Dame. Elle avait
été belle, riche, célèbre, entourée. Devenue impo-
tente, à demi aveugle, ruinée et délaissée, elle
conservait une gaieté, une drôlerie même qui sup-
posaient une force et un courage hors du commun.
Son valet de chambre s'appelait Mesmin. En me
voyant arriver, elle appelait : « Mesmin, faites-nous
du thé ! » Et il me semblait à chaque fois qu'elle
commandait à ses propres mains, comme à des
petites servantes diligentes mais indépendantes.

Un après-midi, elle dit à la jeune femme qui lui

tenait compagnie : « Aujourd'hui, je ne ferai pas la sieste, parce que j'attends une visite. »

— Quelle visite, madame ? Je n'ai pris aucun rendez-vous, s'étonna son amie.

— Si, si, j'attends quelqu'un !

Elle prit un livre et s'absorba dans sa lecture. Au bout d'un moment, elle dit :

— On a sonné. Voulez-vous aller ouvrir ?

— Je n'ai rien entendu. Vous êtes sûre qu'on a sonné ?

— Absolument. C'est ma visite. Allez, je vous prie.

La jeune femme obéit. Bien entendu, elle ne trouva personne sur le palier. Elle revint. Dans son grand fauteuil, son livre ouvert sur ses genoux, Marthe Bibesco était morte.

OMBRE

Ombre. Le chemin de la vie va d'est en ouest. L'enfant marche le dos au soleil levant. Malgré sa petite taille, une ombre immense le précède. C'est son avenir, caverne à la fois béante et écrasée, pleine de promesses et de menaces, vers laquelle il se dirige, obéissant à ce qu'on appelle justement ses « aspirations ».

A midi, le soleil se trouvant au zénith, l'ombre s'est entièrement résorbée sous les pieds de l'adulte. L'homme accompli s'absorbe dans les urgences du moment. Son avenir ne l'attire ni ne l'inquiète. Son passé n'alourdit pas encore sa marche. Il ignore la nostalgie des années défuntes, comme l'appréhension du lendemain. Il fait confiance au présent, son contemporain, son ami, son frère.

Mais le soleil basculant vers l'occident, l'ombre de l'homme mûr naît et croît derrière lui. Il traîne désormais à ses pieds un poids de souvenirs de plus en plus lourd, l'ombre de tous ceux qu'il a aimés et perdus s'ajoutant à la sienne. D'ailleurs, il avance de plus en plus lentement, et s'amenuise à mesure que grandit son passé. Un jour vient où l'ombre pèse au point que l'homme doit s'arrêter. Alors il disparaît. Il devient tout entier une ombre, livrée sans merci aux vivants.

LA LEÇON DES TÉNÈBRES

Certaines nuits d'hiver, entre la deuxième et la troisième heure, alors que le soleil, séparé de moi par toute l'épaisseur de la terre, ne m'envoie plus à travers l'empire des ombres que des rayons noirs, je rencontre mes morts. Sur l'aire de lucidité aride créée par l'insomnie, ils forment une foule attentive et sans visage, les camarades tombés de mon enfance, les amis perdus de ma jeunesse, ceux d'avant-hier, ceux d'hier déjà.

Quelle est donc la leçon des ténèbres ? Que me veulent-elles, toutes ces silhouettes grises ? Qu'ont-elles à me souffler, ces bouches pleines de silence ? Il m'a fallu du temps pour le comprendre, pour l'accepter. Aujourd'hui, je le sais. Ils viennent me rappeler mon appartenance à leur communauté. Ils viennent me dire que je suis des leurs, et déjà mort en quelque sorte.

J'avais connu jadis une femme qui avait vécu entourée d'enfants, de petits-enfants, de toute une cour familiale et affectueuse. Puis le malheur avait frappé autour d'elle avec un acharnement terrible, ayant toujours la suprême cruauté de l'épargner elle-même, mais abattant à ses pieds des petits, des jeunes, tout ce qui était sa raison d'être.

Je craignais de retrouver une épave. C'était tout autre chose, le contraire en un certain sens. Elle souriait à tous, affable, attentionnée, légère, transparente, spirituelle, désincarnée. En vérité elle nous jouait une aimable comédie, mais elle n'était plus là pour personne de ce monde.

J'ai compris en la voyant qu'Ophélie n'a pas été rendue folle et suicide par l'assassinat de son père. Elle s'est simplement enfoncée avec lui dans les eaux lourdes, et seuls émergent encore ses yeux rêveurs et ses lèvres chantantes.

Être jeune, c'est n'avoir perdu personne encore. Mais ensuite nos morts nous entraînent avec eux, et chacun est un rocher jeté dans notre mémoire qui fait monter notre ligne de flottaison. A la fin, nous dérivons à fleur d'eau, à fleur d'existence, n'offrant plus aux vivants que juste ce qu'il faut de regards et de paroles pour leur faire croire que nous sommes de ce monde.

NÉCROLOGIE
D'UN ÉCRIVAIN

Michel Tournier (1924-2000) [1]

Né au centre de Paris, il a immédiatement compris qu'il s'agissait de la ville la plus inhospitalière du monde, en particulier à l'égard des jeunes. Aussi habita-t-il toute sa vie le presbytère d'un petit village de la vallée de Chevreuse, quand il ne voyageait pas à travers le monde, avec une prédilection pour l'Allemagne et le Maghreb. Ses cendres sont déposées dans son jardin à l'intérieur d'un tombeau sculpté représentant un gisant au visage masqué par un livre ouvert, porté par six écoliers, qui évoquent par leurs chagrins

---

1. Un journal faisait récemment une enquête sur le thème suivant : quel sera selon vous le grand événement qui marquera l'an 2000 ? J'ai répondu sans hésiter : ma mort. Et d'évoquer le vaste et somptueux cortège qui accompagnera ma dépouille au Panthéon, au son de l'Allegretto de la 7ᵉ symphonie de Beethoven. On me dira : pourquoi mourir en l'an 2000 ? Parce que j'aurai 76 ans. Mon père est mort à cet âge-là, comme son père, etc. C'est un bel âge pour mourir. Avec de la chance et de la raison, on évite ainsi les souffrances et les humiliations de la vieillesse, et puis basta, n'est-ce pas assez de vie comme cela ?

divers une version enfantine des *Bourgeois de Calais*
de Rodin.

Après de longues études de philosophie, il est venu
assez tard au roman qu'il a toujours conçu comme une
affabulation d'apparence aussi conventionnelle que
possible, recouvrant une infrastructure métaphysique
invisible, mais douée d'un rayonnement actif. C'est en
ce sens qu'on a souvent prononcé le mot de *mythologie* à propos de son œuvre.

S'il lui fallait un ancêtre et une étiquette, on pourrait
songer à J. K. Huysmans et à celle de *naturaliste
mystique*. C'est qu'à ses yeux tout est beau, même la
laideur ; tout est sacré, même la boue.

A propos de l'amour, il disait : « Il y a un signe
infaillible auquel on reconnaît qu'on aime quelqu'un
d'amour, c'est quand son visage vous inspire plus de
désir physique qu'aucune autre partie de son corps. »

S'il avait eu une tombe, voici l'épitaphe qu'il aurait
voulu qu'on y inscrivît :

« Je t'ai adorée, tu me l'as rendu au centuple. Merci,
la vie ! »

DU MÊME AUTEUR

BARBEDOR. Album illustré par Georges Lemoine. Enfantimages. Folio Cadet 74.

L'AIRE DU MUGUET. Folio Junior 240.

SEPT CONTES. Folio Junior 264.

LES ROIS MAGES. Folio Junior 280.

QUE MA JOIE DEMEURE. Conte de Noël dessiné par Jean
  Claverie. Enfantimages.

Aux Éditions Complexe

RÊVES. Photographies d'Arthur Tress.

Aux Éditions Denoël

MIROIRS. Photographies d'Édouard Boubat.

Aux Éditions Herscher

MORTS ET RÉSURRECTIONS DE DIETER APPELT.

Aux Éditions Le Chêne-Hachette

DES CLEFS ET DES SERRURES. Images et proses.

Au Mercure de France

LE VOL DU VAMPIRE. Notes de lecture. Idées 485.

Impression Bussière à Saint-Amand (Cher),
le 2 octobre 1986.
Dépôt légal : octobre 1986.
Numéro d'imprimeur : 1677.
ISBN 2-07-037768-7. / Imprimé en France.